Jean Failler, Deutsch von Astrid Büntge

DIE BRÜCKEN VON LORIENT

Jean Failler, Deutsch von Astrid Büntge:
Die Brücken von Lorient
Originaltitel: *Les bruines de Lanester*, Editions du Palémon, 1992

Unisono, 25bis rue Clavel, 75019 Paris

ISBN: 978-1511775175

Printed in Germany by Amazon Distribution GmbH, Leipzig

Die Brücken von Lorient

Mary Lesters erster Fall

Jean Failler

KAPITEL 1

Die Leiche von Maurice Toussaint, alias Momo oder Toutousse - je nachdem, in welchem Verhältnis man mit dem Verstorbenen gestanden hatte - wurde bei Ebbe von dem pensionierten Kanoniermeister Aimable Maugracieux aufgefunden.

Sie lag im schwarzen Schlick des Scorff, mitten auf dem Holzpark der Indien-Kompanie, und nur dem Riemen seiner Umhängetasche war es zu verdanken, dass er nicht von der Strömung hinaus auf das offene Meer getrieben worden war. Dieser Riemen hatte sich in einem der wurmstichigen Pfeiler verfangen, die vor langer Zeit zur Lagerung der für den Schiffbau bestimmten Baumstämme hier in den Schlick gerammt worden waren. Auf diese Weise den Gezeiten ausgesetzt, hatte das Bauholz sich seinerzeit hier bereits an sein zukünftiges Element, nämlich das Meer, gewöhnen können, bevor es von den Schreinern des Arsenals[1] zu Kegeln, Spanten, Relingstützen, Schiffsplanken und Tausenden weiterer Bauteile verwandelt und schließlich durch menschliche Meisterhand zu Kriegsschiffen zusammengesetzt worden war.

An diesen Pfeilern also hatte sich Toutousse bei seiner letzten Reise fest vertäut.

Der überraschte Aimable Maugracieux begann in Anbetracht dieser makaberen Entdeckung an seinem Verstand zu zweifeln. Er blieb einen Moment lang regungslos stehen, dann stieß er hervor:

- Um Gottes Willen!

Vorsichtig näherte er sich dem Toten, als wäre zu befürchten, dass der Verstorbene ihm noch irgendetwas anhaben könnte.

Obwohl Toutousse zu Lebzeiten keiner Fliege etwas zuleide getan hätte. Er war ein harmloser Landstreicher gewesen, der im Leben zwei einfache, klar definierte Ziele verfolgt hatte: Im wachen und nüchternen Zustand wollte er Alkohol trinken, und wenn er betrunken war, wollte er schlafen.

Dieses Mal schien er weiß Gott über den Durst getrunken zu haben, allerdings eine Flüssigkeit, mit der sein Körper üblicherweise weder

[1] Marinewerft

innerlich noch äußerlich oft in Berührung kam: Wasser! Und Salzwasser noch dazu! Nicht einmal einen Kater würde dieses Getränk hervorrufen, denn einen Kater verspürt man ja in der Regel erst nach dem Aufwachen. Und von Aufwachen konnte bei dem Schlaf, in den Toutousse gefallen war, nun wirklich keine Rede mehr sein.

Wie gesagt war Toutousse zu Lebzeiten ein harmloser Kerl gewesen, und auch im Tode wirkte er nicht wirklich gefährlich. Dennoch... Man konnte nie wissen. Aimable Maugracieux rümpfte seine breite Nase in Anbetracht der Unannehmlichkeiten, die diese Entdeckung für ihn selbst mit sich bringen würde. Er würde die Polizei verständigen müssen, und von der Polizei war ja bekanntlich nichts Gutes zu erwarten. Fragen, Zeugenaussagen... Alles reine Zeitverschwendung! Nichts als Scherereien!

Außerdem hatte er eigentlich vorgehabt, ein paar schöne Bigorneaux[2] für sein Abendessen zu sammeln. Daraus würde jetzt nichts mehr werden. Überhaupt war es fraglich, ob der arme Aimable Maugracieux jemals wieder Meeresschnecken essen können würde. Nicht sicher! In den eingefallenen Augenhöhlen des Leichnams hatten sich einige stattliche Exemplare niedergelassen, und dies war zugegebenermaßen kein besonders appetitanregender Anblick.

Im Grunde war es aber nur ein gerechter Ausgleich der Natur. Immerhin war das Sammeln von Meeresschnecken Toussaints Haupterwerbsquelle gewesen. Dank seiner langjährigen Erfahrung hatte er mit sicherem Gespür die kleinen Schnecken unter den Algen ausfindig gemacht. Sobald er seinen Plastikeimer gefüllt hatte, bisweilen auch früher, wenn Durst und Müdigkeit überhand nahmen, verkaufte er seine Ausbeute in Lorient oder tauschte sie bei einem Fischhändler in Kéroman gegen einen Liter Rotwein ein – für ihn die einzige akzeptable Tauschwährung.

Zu diesem Zweck nahm er in der Regel den schmalen Fußweg auf der metallenen Eisenbahnbrücke, welche den Scorff auf circa 15 Metern Höhe überspannt. Eine Schwindel erregende Höhe, wenn der Wind bedrohlich durch die Metallstreben bläst und der Schnellzug von Paris nach Quimper mit Höllengetöse über die Gleise rattert.

[2] Meeresschnecken

So beängstigend hoch, hässlich und zugig diese Brücke allerdings auch sein mag, erfreut sie sich dennoch bei den Einwohnern von Lanester einer gewissen Beliebtheit. Immerhin erspart sie dem Fußgänger einen langen Umweg über die 2 Kilometer flussaufwärts liegende Brücke von Saint-Christophe, die auch für den PKW-Verkehr geöffnet ist.

Als er noch unter den Lebenden weilte, hatte Maurice Toussaint sich also den Schnecken gewidmet – und jetzt hatten sich die Schnecken seiner angenommen. Ein gerechter Ausgleich der Natur, Fressen und gefressen werden... Ein unbarmherziges Gesetz...

Aufgescheucht von dem schmatzenden Geräusch, das Aimable Maugracieux' Gummistiefel im Schlick verursachten, ergriffen einige Strandkrabben eilig die Flucht. Zwei große Silbermöwen, die auf einem angrenzenden Pfahl Stellung bezogen hatten und den Leichnam bereits gierig beäugten, flogen unter krächzenden Protestschreien schwerfällig davon. Sie ließen sich zwanzig Meter entfernt erneut nieder, allerdings ohne dabei den Leckerbissen, den ihnen das fruchtbare Meer in seiner grenzenlosen Großzügigkeit beschert hatte, aus ihren kalten runden Augen zu lassen.

- Er ist tot, stellte Aimable Maugracieux trocken fest.

Hatte der ehemalige Kanoniermeister etwa geglaubt, dass Toutousse sich hier freiwillig niedergelassen hatte?

Einige Zeit blieb er mit hängenden Armen vor dem Anblick stehen, trat unentschlossen von einem Bein auf das andere, wobei der Schlick schnalzende Geräusche von sich gab und überlegte bedächtig, was nun zu tun sei.

Als er schließlich zu dem fast sicheren Ergebnis gekommen war, dass erste Hilfe hier nicht mehr benötigt würde, entfernte er sich seufzend, um die zuständigen Stellen von seinem Fund in Kenntnis zu setzen.

Von einer Telefonzelle am Rande des Hafens aus verständigte Maugracieux die Polizei, was ihn einen Franc und 50 Centimes kostete. Geld, das ihm selbstverständlich niemand erstatten würde! Er konnte ja froh sein, dass die Telefonzelle überhaupt funktionierte, denn mitunter brachten diese antiquierten Geräte keine Verbindung zustande, gaben allerdings auch das Geld nicht wieder heraus. Das war Aimable Maugracieux bereits passiert. Und obwohl er zum Hauptpostamt gegangen war um sich zu beschweren, hatte er sein Geld nicht zurückbekommen!

- Wegen dem einen Franc! hatte die Frau am Postschalter abfällig gesagt.

Aimable hätte dieser dreisten Person am liebsten eine Ohrfeige verpasst! Schimpfend war er abgezogen, denn die anderen Idioten in der Schlange hatten sämtlich Partei für die Postangestellte ergriffen. Ein Franc! Wegen einem Franc macht man doch nicht so einen Aufstand!

Aber ein Franc ist immerhin ein Franc! sagte sich Aimable. Außerdem ging es ihm ums Prinzip, was diesem einen Franc einen doppelt symbolischen Wert verlieh. Aber soviel war ja allgemein bekannt, Prinzipien galten in diesem Land nicht mehr viel. Deshalb ging es Frankreich ja auch so schlecht.

Ach, diese Aufwiegler hätte er nur zu gern unter seine Fittiche genommen, als er noch Rekruten in Hourtin ausgebildet hatte. Genauso wie die anderen Taugenichtse, die den ganzen Tag nur herumlungerten und nachts Telefonzellen zerstörten. Denen hätte er das Leben nicht leicht gemacht, so viel stand fest!

Beim Polizei-Notruf hatte ihm ein Polizist ruhig und gelassen geantwortet und gefragt, von wo aus er anriefe. Dann war das Gespräch unterbrochen worden und man hatte ihn zurückgerufen. Der Polizist wollte sichergehen, dass es sich bei dem Anruf nicht um einen Telefonstreich handelte. Einen Telfonstreich?! Als ob Aimable Maugracieux der Polizei einen Streich spielen würde! Aber der Polizist kannte ihn natürlich nicht...

Dort drüben bei der Leiche zogen die Möwen ihre Kreise bereits wieder enger. Es würde nicht mehr lange dauern, bis sich die Dreisteste von ihnen ein Stück verwesendes Fleisch herausreissen würde, und dann gäbe es auch für die anderen Möwen kein Halten mehr. Wenn sie noch lange warteten, würden diese einfältigen Polizisten nur noch einen Haufen Knochen vorfinden...

Ein Zug überquerte im Schritt-Tempo die Brücke, ächzend knirschte Stahl auf Stahl. In den erleuchteten Fenstern der Waggons zeichneten sich die Silhouetten der Reisenden ab. Weiter unten, zum Meer hin, verschmolzen die Konturen der Gebäude der französischen Marine mit der grauen Umgebung. In Richtung der Brücke Saint-Christophe trieben einige verankerte Boote träge auf dem Kanal. Der Boulevard Normandie Niémen, der parallel zum Fjord verläuft, war menschenleer. Die Reifen der vereinzelt vorbeifahrenden Autos quietschten auf dem nassen Asphalt.

Plötzlich schienen sich die Ereignisse zu überschlagen. Als erstes traf das weiße Polizeifahrzeug mit Blaulicht und Sirene ein, dann mit Vollgas und Tatütata der rote Rettungswagen der Feuerwehr. Mit quietschenden Bremsen und aufheulenden Reifen kam er zum Stehen. Den Abschluss bildete der Krankenwagen.

Aimable lachte bitter auf. Diese Stümper hatten einen Krankenwagen mitgebracht! Für einen Leichnam, den die Schnecken schon halb aufgefressen hatten!

Die schauten auch nicht auf die Kosten, wie alle, die nichts aus der eigenen Tasche bezahlen mussten! Aimable war geschockt in Anbetracht dieser Verschwendung öffentlicher Mittel. Und das machte ihn noch grantiger, als er es ohnehin schon war.

Die Polizisten kamen auf ihn zu. Es waren zwei uniformierte Beamte und eine Frau in Zivil. Was wollte dieses Mäuschen bei der Polizei? Sie sprach Aimable Maugracieux an:

- Mary Lester, Kriminalpolizei. Haben Sie angerufen?

Erstaunt nuschelte Aimable seine Antwort. Was für eine ungewöhnliche Erscheinung bei der Polizei!

- Wo ist die Leiche? fragte sie.

Aimable deutete mit dem Kinn in Richtung des Schlicks:

- Da hinten.

- Sie haben nichts angefasst?

- Nein.

- Perfekt, dann mal los.

Die Polizistin wandte sich um und erteilte Anweisungen. Die Feuerwehrmänner zogen eine Bahre aus ihrem Fahrzeug, die Sanitäter lehnten sich an den Krankenwagen und zündeten sich eine Zigarette an. Auf sie bräuchte man bei der Bergung der Leiche nicht zu zählen, mit ihren schönen weißen Kitteln würden sie gewiss nicht durch den Schlick stapfen. Die praktisch veranlagte Kommissarin hatte sich Plastiktüten über ihre Schuhe gezogen. Ihre uniformierten Kollegen, die diese Vorkehrung nicht getroffen hatten, mussten wohl oder übel fluchend durch den knöchelhohen Matsch waten. Aimable stellte sich das Bataillon matschiger Stiefel vor, die am Abend die Flure des

Kommissariats zieren würden.

Er begleitete die Polizisten und erklärte in einigen knappen Sätzen die Umstände seiner Entdeckung. Mary Lester war schnell klar, dass man hier keine Spuren finden würde und gab den Feuerwehrmännern ein Zeichen, dass sie mit der Bergung beginnen könnten. Der Leichnam wurde auf die Bahre gehievt. Die Arme waren bereits so steif, dass sie sich nicht mehr vor der Brust falten ließen, und sie baumelten rechts und links von der Trage herunter. So trat Maurice Toussaint den Weg ins Leichenschauhaus an.

Aimable schickte sich an nach Hause zu gehen, als er von der Kommissarin zurückgerufen wurde:

- Kommen Sie bitte mit, Monsieur!

- Aber...

- Ich weiß, Sie haben uns schon alles erzählt, aber ich muss Ihre Aussage noch zu Protokoll nehmen.

Beruhigend fügte sie hinzu:

- Es wird nicht lange dauern.

Es würde also nicht lange dauern! Das Hühnchen hatte gut reden! Seit einer halben Stunde schimmelte er bereits im Warteraum des Kommissariats vor sich hin. Und was hatte er schon zu erzählen? Dass er vor der großen Flut noch einmal den Anker seines Bootes überprüfen wollte, und dass er auf dem Rückweg Lust bekommen hatte, ein paar Bigorneaux als Vorspeise zum Abendessen zu sammeln. Mehr hatte er, Aimable, doch nicht zu sagen! Ach ja, und er konnte noch hinzufügen, dass er es äußerst ekelhaft, ja wirklich ekelhaft fand, fast mitten in der Stadt beim Schnecken sammeln Leichen von Landstreichern finden zu müssen!

★

- Sie kannten also das Opfer, sagte Mary Lester, während ihre Hand mit dem Kugelschreiber herumspielte. Sie drückte auf die Spitze, so dass die Mine vorne herauskam und ließ sie dann gleich wieder zurückschnellen. Klick, klick, klick...

Dieses Klicken machte Aimable Maugracieux wahnsinnig, dennoch konnte er nicht den Blick von den Händen der Kommissarin abwenden: Klick, klick, klick... Er stammelte eine Verteidigung:

- Ich kannte ihn... Naja, kennen... das sagt sich so schnell. Was haben Sie gesagt, wie hieß er noch gleich?

- Toussaint. Maurice Toussaint.

- Genau. Die anderen nannten ihn Toutousse.

- Welche anderen?

- Naja, seine Freunde... Also, halt die Typen, mit denen er sich auf am Ufer immer so unterhalten hat.

- Was für Typen?

- Weiß ich doch nicht! Die Leute von der Werft, oder von der Gießerei... Viele von denen haben ein Boot. Toutousse sammelte immer Schnecken. Manchmal hat er mit angepackt, ein Flachboot umzudrehen oder so. Dann hat er dafür ein Glas Rotwein bekommen, das ist alles!

Mary Lester sah ihn durchdringend an:

- Sind Sie sich sicher?

- Bezüglich wessen?

- Dass das alles ist.

- Ja, wenn ich es Ihnen doch sage! Klick, klick, klick... (Konnte sie nicht endlich diesen Kugelschreiber hinlegen? Wie nervtötend!).

- Hat er Ihnen auch geholfen?

Maugracieux entgegnete entrüstet:

- Niemals! Ich brauche solche Typen nicht!

- Aber Sie haben doch mit ihm gesprochen!

- Niemals, wenn ich's Ihnen doch sage! Solche Typen, da könnte ich... da könnte ich...

Mary Lester wartete, dass er seinen Satz zu Ende sprechen würde. Klick, klick, klick... Als nichts weiter kam, fragte sie:

- Was meinen Sie mit „solche Typen“?

- Naja, druckste Maugracieux herum, Landstreicher halt...

- Die mögen Sie nicht.

- Kann ich nicht ausstehen, stieß Maugracieux hervor. Das sind ekelhafte Parasiten, Säufer, Widerlinge... die müsste man... die müsste man...

Vor Empörung fehlten ihm die Worte.

Hinterhältig kam Mary ihm zu Hilfe:

- Was müsste man mit denen machen, Monsieur Maugracieux? Sie umbringen?

Maugracieux wurde sich plötzlich bewusst, welcher Abgrund sich da gerade unter seinen Füßen auftat und machte schnell einen Rückzieher:

- Hey, was wollen Sie mir denn da in den Mund legen?

Klick, klick, klick...

- Gar nichts, Monsieur Maugracieux, Sie sagen es doch selber!

- Zunächst mal habe ich gar nichts gesagt, entrüstete sich Maugracieux! Außer dass ich sie nicht ausstehen kann, und dass...

- Und was? fragte Mary Leser unbarmherzig.

- Dass es so was hier nicht geben dürfte!

- Da liegt es doch nicht so fern, sie umzubringen...

- Hey, mal langsam! rief Maugracieux und erhob sich halb von seinem Stuhl, ich habe doch niemanden umgebracht!

- Das werden wir überprüfen, Monsieur Maugracieux.

- Wollen Sie mir etwa sagen, dass Sie mich verdächtigen? Dieser Typ ist bestimmt ganz von selbst ertrunken! Der war doch die meiste Zeit voll wie eine Haubitze! Da kann er auch leicht ins Wasser gefallen sein!

- Das werden wir überprüfen, wiederholte Mary Lester.

- Ah, jammerte Maugracieux, wenn ich das alles geahnt hätte, ich hätte einen weiten Bogen um diesen Holzpark gemacht! Dann wäre ich jetzt gemütlich zu Hause! Es ist doch unglaublich, dass dieses Gesindel sogar tot noch einen Weg findet, den Leuten Scherereien zu machen!

Mary Lester hatte auf den letzten Satz von Aimable Maugracieux nicht reagiert. Sie schien in Gedanken versunken. Diskret gähnte sie hinter vorgehaltener Hand.

- Sie können jetzt nach Hause gehen, Monsieur Maugracieux. Unterschreiben Sie bitte hier.

- Was ist das? fragte Aimable misstrauisch.

- Das ist nicht ihr Todesurteil, nur das Protokoll Ihrer Aussage. Sie können es lesen, wenn Sie wollen.

- Und ob ich es lesen werde, entgegnete Maugracieux, während er sich eine absurd kleine Brille auf die Spitze seiner großen Nase setzte.

Er las das Protokoll sogar zweimal sorgfältig durch um sicherzugehen, dass sie ihm keine Aussagen angedichtet hatte, die er später bereuen würde.

- Alles in Ordnung? fragte Mary Lester.

Maugracieux ließ ein unfreundliches Grunzen hören, das man mit gutem Willen als Zustimmung interpretieren konnte. Dann beugte er sich vor und setzte, die Zunge zwischen die Lippen geklemmt, eine sorgfältig einstudierte schnörkelige Unterschrift auf die Formulare. Anschließend beäugte er mit schief gelegtem Kopf zufrieden sein Werk, reichte Mary den Kugelschreiber und fragte:

- Ist das alles?

- Ja, Monsieur Maugracieux, das ist alles. Ich danke Ihnen.

- Nichts zu danken, brummte Maugracieux und zuckte mit den Schultern.

Seitwärts zurückweichend wie ein Krebs erreichte er die Tür und verschwand von der Bildfläche.

KAPITEL 2

- Also wirklich, sagte Mary Lester zum Dienst habenden Wachmann, der mit zwei Fingern Maugracieux' Aussage abtippte, was für ein ungehobelter Kerl! Und wie zum Hohn heißt er auch noch „Aimable[3]“ mit Vornamen!

Mary Lester konnte nicht wissen, dass Désiré Maugracieux, der Vater des als liebenswürdig betitelten Sohnes und seine Frau Anne, geborene Dagorn, extra einen besonders freundlichen Vornamen für ihren einzigen Sprössling gewählt hatten, um dadurch ihren unerfreulichen Nachnamen[4] zu kompensieren. Doch bedauerlicherweise trug der unwirsche Maugracieux seinen Vornamen seit neunundfünfzig Jahren wie eine Last mit sich herum.

- Aimable Maugracieux, las Mary Lester vor,

- Neunundfünfzig Jahre, verheiratet mit Francine le Gallou. Keine Kinder (ein Glücksfall, dann gibt es wenigstens nicht noch mehr von der Sorte), zweiter Kanoniermeister im Ruhestand. Kriegseinsätze in Indochina und Algerien... Besondere Kennzeichen: Keine.

- Keine, dass ich nicht lache! höhnte Mary Lester, ich hätte unter besondere Kennzeichen geschrieben: Kann nichts und niemanden leiden, oder besser noch, hegt einen Groll gegen die gesamte Menschheit! Das hätte ich geschrieben! Das ist doch mal ein besonderes Kennzeichen.

- Das ist aber so in den Vorschriften nicht vorgesehen, entgegnete der Wachmann hinter seiner Schreibmaschine lakonisch.

- Sie haben ja Recht, Le Moal. Mary stand auf. Es ist nicht vorgesehen, aber eigentlich ist es schade.

★

Mary Lester saß alleine in ihrem Büro im Hauptkommissariat von Lorient. Sie spielte mit ihrem Kugelschreiber herum und starrte ins Leere: Klick! Klick! Klick! als die Tür mit einem lauten Knall aufflog und

[3] aimable = frz. *liebenswürdig*

[4] Maugracieux = frz. veraltet *plump*

Marc Amédéo hereinmarschierte. Mary schrak auf und ließ ihren Kugelschreiber fallen, was der Ankömmling mit offensichtlicher Zufriedenheit zur Kenntnis nahm.

- Habe ich Sie erschreckt, mein Kleines? fragte er mit gespielter Besorgnis.

Mary Lester gab keine Antwort. Sie konnte diesen Kerl nicht ausstehen, diesen Hauptkommissar, der ihr als Berufsanfängerin mit Rat und Tat zur Seite stehen sollte.... Sie hasste es, wie er ohne anzuklopfen ins Büro platzte, und vor allem hasste sie es, dass er sie ständig „mein Kleines" nannte, obwohl sie einen halben Kopf größer war als er. Sie hasste es, wie er sich als mediterraner Schönling aufplusterte (wobei er in Marys Augen wie ein Zuhälter wirkte) und erwartete, dass alle Frauen bei seinem Anblick in Ohnmacht fielen. Allerdings war er nun einmal ihr Vorgesetzter, und daher sollte sie besser freundlich zu ihm sein. Sie riss sich zusammen.

- Sagen Sie mal, mein Kleines, sagte er und setzte sich mit einer Pobacke lässig auf Marys Schreibtisch, was hat es denn mit dieser Leiche von gestern Abend auf sich?

Mary Lester rückte mit ihrem Stuhl zurück, öffnete eine Schublade und zog ein Exemplar des Berichts heraus, den Le Moal am Vortag getippt hatte. In sachlichem Tonfall las sie vor:

- Es handelt sich einen gewissen Maurice Toussaint, auch genannt Momo oder Toutousse, je nachdem. Alter: Fünfzig Jahre; Beruf: Landstreicher.

- Ist er offiziell identifiziert worden?

- Ja, Monsieur. Alle kannten ihn. Scheinbar war er eine illustre Persönlichkeit von Lanester. Er lebte in einem der Bunker unter der Eisenbahnbrücke zwischen der rue Camille Pelletan und der Mauer des Arsenals. Ein armer Schlucker, anscheinend harmlos.

- Ach ja, der alte Toutousse... Nun ist er also am Ende ertrunken.

- Sie kannten ihn? wunderte sich Mary.

- Wer kannte ihn nicht? entgegnete Amédéo. Wir haben schon immer befürchtet, dass er eines Tages ins Wasser fallen würde. Ein Wunder, dass es nicht schon früher passiert ist!

- Er könnte gefallen, gesprungen oder gestoßen worden sein, murmelte Mary.

- Oh là là! Das sind mir aber gewagte Hypothesen, erwiderte Amédéo und stand auf. Halten wir uns mal an die Erste, mein Kleines.

Wir haben ihn so oft sturzbetrunken irgendwo aufgegabelt, er wird schon von ganz alleine ins Wasser gefallen sein. Vermutlich wollte er verbotenerweise den Fußweg über die Eisenbahnbrücke nehmen, und wo da neuerdings noch nicht einmal mehr ein Geländer ist...

- Das ist schon möglich, sagte Mary. Er ist jedenfalls ertrunken, so viel ist sicher. Im Autopsiebericht steht, dass er Wasser in der Lunge hatte.

- Sie haben schon den Autopsiebericht? wunderte sich Amédéo. Tja, es ist ruhig in letzter Zeit, der Gerichtsmediziner scheint nicht viel zu tun zu haben. Was steht sonst noch drin?

- Das Wasser in seinen Lungen ist Salzwasser...

- Was auch sonst, entgegnete Amédéo ungeduldig. Ist das alles?

- Einige mehr oder weniger vereiterte Wunden an den Handgelenken und an den Füßen und ein großes Hämatom am Brustbein. Im Bericht steht außerdem, dass er 1,20 Promille Alkohol im Blut hatte. Das muss aber nicht bedeuten, dass er betrunken war. Wenn es stimmt, was in den Unterlagen steht, dann ist er schon so oft mit drei Promille Alkohol von der Polizei aufgelesen worden, dass er mit 1,2 Promille so gut wie nüchtern war. Außerdem hatte er in seinem Beutel eine Literflasche Rotwein dabei, aus der kaum etwas fehlte.

- Geld?

- Achtundvierzig Francs in der Hosentasche. Für so einen Typen ist das ein Vermögen. Wenn er im Streit von einem anderen Landstreicher ins Wasser gestoßen worden wäre, hätte der ihm sicherlich vorher die Taschen geleert.

- Und den Rotwein mitgenommen.

- Wahrscheinlich.

- Also, mein Kleines?

- Also was, Monsieur?

- Was glauben Sie?

- Höchstwahrscheinlich war es ein Unfall, aber nichtsdestotrotz...

Amédéo zog die Augenbrauen hoch:

- Nichtsdestotrotz?

- Nichtsdestotrotz denke ich, es wäre gut ein paar Tage zu warten, bevor wir den Fall abschließen. Falls es neue Fakten gibt.

- Neue Fakten? Glauben Sie das wirklich?

- Man weiß nie, Monsieur, vielleicht hat ihn ja jemand fallen gesehen... Ein anderer Landstreicher zum Beispiel... Wer weiß? Er war ja sicher nicht immer nur alleine unterwegs!

- Nein, ganz und gar nicht. Ich kann Ihnen sogar verraten, dass er verheiratet war.

- Verheiratet? Jetzt überraschen Sie mich, Monsieur!

- Nun ja, verheiratet, oder was man so darunter versteht. Verheiratet in wilder Ehe... Lebensgemeinschaft wäre wohl der korrekte Ausdruck. Mit einer gewissen Titine. Titine Apfelbäckchen. Das ist selbstverständlich ein Spitzname, wegen ihrer roten Wangen. Das macht der viele Rotwein... Aber ihr Nachname... Müsste man mal im Krankenhaus nachfragen.

- Ist sie denn im Krankenhaus?

- Ja, Mademoiselle, seit zwei Wochen. Ihren letzten Vollrausch wollte sie unter dem LKW des Fischhändlers in Kerouan ausschlafen. Der Fahrer hat sie nicht gesehen und ist losgefahren, dabei hat er ihr beide Beine zerquetscht. Tja, Unkraut vergeht nicht! Jeder andere wäre tot gewesen, aber nicht Titine. Die liegt mit zwei eingegipsten Beinen im Krankenhaus und lässt es sich gut gehen wie die Made im Speck, natürlich auf Staatskosten. Auf den armen Kerl, der sie übergefahren hat, konnte sie noch ein beachtliches Repertoire an Beschimpfungen loslassen, bevor der Krankenwagen sie abtransportiert hat. Der Typ war danach vollkommen fertig!

- Dann fällt sie als Zeugin also aus, sagte Mary nachdenklich.

- Genauso wie die anderen Landstreicher! Glauben Sie mir, Lester, die leben in ihrer eigenen abgeschotteten Welt. Die reden mit niemandem, und schon gar nicht mit der Polizei! Sie sind naiv, wenn Sie glauben, hier käme in den nächsten Tagen jemand hereinspaziert um eine Aussage zu machen. Wir können selbstverständlich warten, wenn Sie möchten. Toutousse liegt in seinem Kühlfach im Leichenschauhaus und hat Zeit genug...Und wir auch. Aber je früher Sie den Fall abschließen, desto früher sind wir ihn los.

Amédéo streckte sich und gähnte.

- Nun ja, wenn Sie Wert darauf legen, dann warten wir ein paar Tage. Die Zeit drängt ja nicht. Und weil das so ist, fahren Sie jetzt in die Dienststelle von Lanester. Wissen Sie, wo das ist?

Mary seufzte. Ja, das wusste sie nur zu gut. Rue Marcel Sembat, Hausnummer 65. Dreimal war sie bisher dorthin geschickt worden und dreimal hatte sie sich dort fast zu Tode gelangweilt. Gleich würde dieser Idiot sicher sagen, dass es wichtig für sie sei zu sehen, wie eine

Stadtteil-Dienststelle funktioniert.

Und richtig fügte Amédéo schulmeisterlich hinzu:

- Es tut Ihnen ganz gut, wenn Sie sich vor Ort mit der Arbeitsweise einer Stadtteil-Dienststelle vertraut machen!

Die Stadt Lanester lag gegenüber von Lorient auf der linken Seite des Meeresarms Scorff und war der Arbeitervorort des Hafens von Ponant. Durch die Krise im Schiffsbau und in der Stahlgießerei, den beiden wichtigsten Wirtschaftszweigen von Lanester, war die Zahl der Arbeitslosen hoch. Die vollkommen renovierte Innenstadt machte Lanester zu einem attraktiven Städtchen, in den umliegenden Straßen allerdings waren die Häuser meist in „Billigbauweise" hochgezogen worden. Die Gemüsegärten zierten zwischen Betonpfeilern gespannte Eisendrähte, an denen die Wäsche zum Trocknen im Wind flatterte.

Der Hauptkommissar Marc Amédéo war so schnell verschwunden, wie er hereingekommen war und hatte Mary mit dem Tagesgeschäft zurückgelassen. Sie war wütend, denn es war klar, dass wenn etwas Wichtiges geschehen würde, sich das Hauptkommissariat in Lorient darum kümmern würde.

Die Polizeidienststelle in Lanester befand sich in einem großen Neubau, zwischen einer Tierarztpraxis und einer Bank. Hätten da nicht Plakate mit den Verbrechergesichtern gesuchter Terroristen an der Mauer geklebt, hätte man die Dienststelle für ein beliebiges Verwaltungsbüro halten können. Kein Uniformierter weit und breit. Zwei Beamte in Zivil hielten hier die Stellung und kümmerten sich um die Belange der Bürger. Sie nahmen in erster Linie Anzeigen auf und leiteten sie an die zentrale Dienststelle in Lorient weiter.

Mary Lester saß am Empfang. Einer der beiden Beamten war unterwegs, um auf Anweisung des Untersuchungsrichters irgendwelche Ermittlungen anzustellen. Der andere Beamte war in seinem Büro. Er tippte an einem Bericht. Mary konnte das unregelmäßige Klappern der Schreibmaschine hören.

Sie langweilte sich fürchterlich. Die Zeitung hatte sie bereits komplett von vorne bis hinten durchgelesen. Sogar die Fußballergebnisse, die Berichte über Pferderennen und die Todesanzeigen. Wozu die Langeweile den Menschen bringen konnte!

Über den Tod von Maurice Toussaint wurde unter der Rubrik „Lokalnachrichten“ berichtet.

„MÄNNLICHE LEICHE IM SCORFF ENTDECKT: Am Donnerstag gegen sechzehn Uhr dreißig ist im Schlick am Rande des Scorff in Höhe des Holzparks der Indien-Kompanie eine männliche Leiche gefunden worden. Es handelt sich um den aus Priziac in der Region Morbihan stammenden Monsieur Maurice Toussaint, fünfzig Jahre alt, ohne feste Arbeit. Der bei der Polizei gut bekannte Maurice Toussaint lebte am Rande der Gesellschaft in einem während des letzten Weltkriegs erbauten Bunker unter der Eisenbahnbrücke in Lanester. In einer Autopsie soll die Todesursache geklärt werden.“

Mary schlug missmutig die Zeitung zu, als es an der Tür klingelte.

- Herein! rief sie.

Eine junge blonde Frau betrat das Büro. Sie machte einen sehr aufgewühlten Eindruck.

Mary erhob sich:

- Guten Tag, Madame.

- Guten Tag, antwortete die junge Frau matt mit einem Kopfnicken, das wohl als Gruß gemeint war. Dann blickte sie wie ein gehetztes Tier um sich.

- Setzen Sie sich, sagte Mary und deutete auf den Stuhl vor ihrem Schreibtisch.

- Danke, nuschelte die Frau leise und setzte sich auf die Stuhlkante. Sie schwieg einen Moment lang und sagte dann mit erstickter Stimme:

- Ich bin Madame Sallabert.

- Was führt Sie zu uns, Madame Sallabert?

Die Frau beäugte Mary besorgt:

- Sind Sie von der Polizei?

- Ja. Kommissarin Mary Lester.

- Ah! entgegnete die Frau. Sie wirkte verunsichert.

- Hatten Sie nicht mit einer Frau gerechnet?

- Äh... nein.

- Na, sehen Sie, sagte Mary mit betont heiterer Stimme, um die ihr gegenübersitzende Dame zu beruhigen, Kriminalkomissarinnen gibt's nicht nur im Fernsehen, sondern auch hier in Lanester!

Madame Sallabert ließ einen tiefen Seufzer hören.

- In gewisser Weise ist es mir sogar lieber. Sehen Sie, Madame, mein Mann ist verschwunden.

- Seit wann, Madame Sallabert?
- Seit vier Tagen. Seit dem 16. November, um genau zu sein.
- Hat er Ihnen nichts gesagt?
- Nein.
- Er hat auch keine Nachricht hinterlassen?
- Auch nicht.
- Wann haben Sie ihn denn zum letzten Mal gesehen?
- Montagabend. Er ist etwas früher als gewöhnlich von der Arbeit nach Hause gekommen, gegen halb sechs. Er hat mit den Kindern, die gerade aus der Schule gekommen waren, eine Kleinigkeit gegessen, dann ist er mit dem Lieferwagen der Firma weggefahren. Er hatte Gummistiefel dabei und eine Kettensäge. Mir hat er gesagt, dass er im Wald bei Kerhervy Holz machen wollte.
- Holz machen? fragte Mary erstaunt.
- Ja. Wir haben einen großen Kamin. Seit dem Sturm im Oktober liegt überall in den Wäldern Fallholz herum. Antoine findet... oder fand...

Sie tupfte sich mit einem in der Faust zerknüllten Taschentuch die Augen trocken und unterdrückte ein Schluchzen:
- Er fand, dass ihm die Bewegung nach dem langen Sitzen im Büro und den Sorgen im Geschäft gut tat.
- Ich verstehe, sagte Mary höflich.

Sie drehte den Kugelschreiber in ihrer Hand richtig herum und begann zu schreiben.
- Es handelt sich also um Antoine Sallabert. Alter?
- 36 Jahre.
- Beruf?
- Kaufmännischer Angestellter in leitender Funktion. Er ist Direktor des Supermarkts *Center Marché*.

Den riesigen Supermarkt im Zentrum von Lanester kannte Mary. Ganz schön jung, dieser Antoine Sallabert, um Leiter eines solchen Unternehmens zu sein.
- Adresse?
- Villa Gwenaël, Toulbahado.
- Wohnen Sie schon lange in Lanester?
- Seit etwas mehr als einem Jahr. Vierzehn Monate um genau zu sein.
- Sie haben Kinder, sagten Sie?

Die Erwähnung ihrer Kinder löste bei Madame Sallabert einen heftigen Weinkrampf aus. Als sie sich wieder gefangen hatte, wischte sie sich erneut die Augen und antwortete mit erstickter Stimme:

- Entschuldigen Sie. Ich habe zwei Kinder. Einen Jungen, Yann, sieben Jahre, und ein Mädchen, Caroline, vier Jahre.

Mary Lester notiert alles sorgfältig.

- Ist von seinen Sachen irgendetwas verschwunden?

- Wie meinen Sie das?

- Ich meine, hat er Kleidung mitgenommen, als ob er verreisen würde?

- Nein, überhaupt nichts.

- Sind Sie sicher?

- Absolut sicher. Wenn er verreist, packe immer ich seinen Koffer.

- Fährt er häufig weg?

- Einmal im Monat muss er aus beruflichen Gründen nach Paris, zur Einkaufszentrale oder zu Sitzungen, ... Letzte Woche war er erst wieder dort.

- Gut... Wissen Sie, ob Ihr Mann Feinde hat?

- Feinde? Entgegnete sie, von der Frage aus der Fassung gebracht. Naja... Wissen Sie, über die Eröffnung eines so großen Supermarktes hat sich hier nicht jeder gefreut. Die anderen Geschäfte, die vorher schon da waren, die kleinen Händler... Aber deswegen...

Sie beendete ihren Satz nicht. Es stimmte schon, in diesen Zeiten des harten Konkurrenzkampfes gäbe es ein ganz schönes Massaker, wenn sich alle rivalisierenden Geschäftsleute gegenseitig umbringen würden! Und sowieso würde der Supermarkt nicht schließen, nur weil der Direktor verschwunden war. Direktoren gab es doch wie Sand am Meer!

- Hat ihm jemand gedroht?

- Davon hat er mir nichts gesagt. Ich weiß, dass zwei oder dreimal die Fassade des Geschäfts mit Graffitis beschmiert worden ist, aber so etwas kommt überall vor...

- Das stimmt, entgegnete Mary, die eifrig mitschrieb.

Äh, Madame Sallabert... hatte Ihr Mann eine Geliebte?

Das Wort „Geliebte“ löste eine neue Flut von Tränen aus, die Madame Sallabert mühsam mit ihrem Taschentuch zu stoppen suchte. Peinlich berührt versuchte Mary, die Brutalität ihrer Frage nachträglich abzumildern:

- Entschuldigen Sie, aber ich darf keine Spur außer Acht lassen.

- Natürlich, sagte sie und knetete nervös ihr Taschentuch. Ich weiß nicht... Obwohl, seit einiger Zeit kam er oft ziemlich spät nach Hause... Und manchmal fand ich ihn komisch. Aber ich weiß es wirklich nicht!

Im Stillen dachte Mary sich, dass es wohl immer so war, dass die Ehefrauen als Letzte von den Seitensprüngen ihrer Gatten erfuhren.

- Hat Ihr Mann eine Lebensversicherung?

- Ich glaube ja. Er hat mal davon gesprochen, aber ich müsste in den Papieren nachsehen. Um solche Dinge hat er sich immer gekümmert...

Wieder ein unterdrücktes Aufschluchzen, vielleicht ausgelöst durch den Gedanken an die vielen Unannehmlichkeiten, die in nächster Zeit auf sie zukommen würden.

- Hatte Ihr Mann Freunde außerhalb seiner Arbeit?

- Wir sind erst seit einem Jahr hier. Wir haben noch keinen Anschluss gefunden, aber Antoine trainierte beim Fußballverein von Lanester. Wahrscheinlich hat er da Leute kennen gelernt, aber er sprach nicht oft darüber. Er hatte eigentlich vor, in Lanester einen Judoverein zu gründen.

- Ah, ein Judoka!

- Ja, Judo war seine Leidenschaft, er hatte den schwarzen Gürtel, den dritten Dan. Er war während seiner Militärzeit sogar in der französischen Militärmannschaft.

- Interessant... Warum haben Sie eigentlich die Polizei nicht schon früher verständigt?

- Ich weiß nicht... Angst vor einem Skandal... Wie hätte ich denn dagestanden, wenn er plötzlich mit einer plausiblen Erklärung wieder aufgetaucht wäre?

Mary Lester nickte verständnisvoll mit dem Kopf.

- Wissen Sie, fuhr Madame Sallabert fort, wenn jemand verschwindet... Sie kennen sich ja damit aus... Sagen Sie, gibt es da eine normale Frist, innerhalb derer man das Verschwinden meldet?

- Das ist eine schwierige Frage, antwortete Mary. Natürlich reagiert in solchen Dingen jeder auf seine Weise. Meines Wissens gibt es da keine Regel. Sicherlich reagiert man schneller bei einem Kind als bei einem Erwachsenen...

Sie stand auf, lächelte und versuchte zuversichtlich zu klingen:

- Machen Sie sich keine Sorgen. Vielleicht taucht Ihr Mann heute oder morgen mit einer plausiblen Erklärung wieder auf, wie Sie sagen.

Aber unterdessen werde ich anhand Ihrer Angaben diskret ermitteln. Ach ja, können Sie mir bitte ein Foto von Ihrem Mann geben?

Madame Sallabert öffnete ihre Handtasche:

- Ich habe drei Fotos mitgebracht, hier...

Mary Lester betrachtete die Bilder. Sie sah das Konterfei eines glücklichen Familienvaters, der einen kleinen Jungen an der Hand hielt, der voll Bewunderung zu seinem Vater aufblickte. Auf dem zweiten Bild sah man die gesamte Familie Sallabert, und Mary fiel auf, dass die nur mittelgroße Madame Sallabert ihren Mann um einen halben Kopf überragte. Er war nicht groß, Antoine Sallabert, klein und schlank. Ein Mann für die Westentasche sozusagen.

- Machen Sie sich nicht allzu große Sorgen, wiederholte Mary, als sie Madame Sallabert zur Tür begleitete. Ich melde mich bei Ihnen, sobald wir etwas wissen.

KAPITEL 3

- Na, Sie haben ja schöne Gesellschaft!

Seine Stimme klang ironisch. Die Hände in den Hosentaschen, den Regenmantel lässig über die Schulter geworfen, den Filzhut tief in die Augen gezogen und die Zigarette im Mundwinkel machte Amédéo auf Humphrey Bogart. Breitbeinig baute er sich vor ihrem metallenen Schreibtisch auf.

Mary bemühte sich ruhig zu bleiben, aber sie war sich sicher, dass ihre Feindseligkeit ihr in das Gesicht geschrieben stand. Dieser Macho mit seinem väterlichen Tonfall und seiner süffisanten Art brachte sie innerlich zur Weißglut...

- Das war Madame Sallabert, sagte sie so sachlich sie konnte. Die kennen Sie ja sicherlich.

Amédéo vollführte eine Pirouette, wobei sich die Schöße seines Mantels hoben.

- Selbstverständlich kenne ich sie. Ich kenne übrigens alle schönen Frauen in der Region, fügte er zuckersüß hinzu, wobei er eine nikotingelbe Hand nach ihr ausstreckte, wie um ihre Wange zu streicheln.

Mary zuckte zurück wie vor einer Schlange.

Verdutzt hielt Amédéo in der Bewegung inne und lachte gekünstelt.

- Aber, aber, junge Frau, haben Sie keine Angst, ich werde Sie schon nicht fressen!

- Ich habe keine Angst, sagte Mary eisig, wobei sie die immer noch nach ihr ausgestreckte Hand nicht aus den Augen ließ.

Marc Amédéo ließ die Hand sinken und nahm auf dem Stuhl Platz, auf dem kurz vorher noch Madame Sallabert gesessen hatte. Er lehnte sich zurück und blies konzentriert Rauchkringel in Richtung Decke.

Mary fühlte sich unwillkürlich an das Hinterteil eines Huhns beim Eierlegen erinnert. Wenn er doch nur selber sehen könnte, wie dumm er aussah, wenn er diesen runden Mund machte. Sie fand ihn erbärmlich. Ob das hier wohl ein Flirtversuch sein sollte?

Marc Amédéo hörte auf die Decke anzurauchen und fragte schließlich:

- Was wollte denn diese charmante Madame Sallabert?

- Fast nichts. Nur Bescheid sagen, dass ihr Mann verschwunden ist.

Er setzte sich auf:

- Nun sieh mal einer an! Na, dann erzählen Sie mal, mein Kleines!

Mein Kleines! Schon wieder! Mary sog tief die Luft ein und zwang sich, gelassen zu bleiben.

- Montag Abend, las sie von ihrem Notizzettel ab, ist Antoine Sallabert mit einem Lieferwagen des Supermarktes weggefahren, um im Wald von Kerhervy Holz zu machen. Das hat er wenigstens seiner Frau gesagt. Seitdem ist er nicht wieder aufgetaucht.

- Soso, sagte Amédéo belustigt, hat ihr Mann also die Biege gemacht... Interessant! Sagen Sie, Lester, dieser Sallabert, das ist doch der Direktor vom *Center Marché*?

- Genau, Monsieur. Aber warum gehen Sie davon aus, dass er ihr weggelaufen ist?

Amédéo hob die Hände zum Himmel als hätte man ihm eine einfältige Frage gestellt:

- Was soll denn sonst passiert sein, mein Kleines? Ein Mann, der von zu Hause verschwindet und nicht wieder auftaucht, das kommt doch alle Tage vor! Wie würden Sie das denn nennen?

- Ich weiß nicht, Monsieur, es wären ja auch andere Hypothesen denkbar.

- Natürlich, Lester, da haben Sie recht. Es könnte natürlich auch eine Entführung sein, nicht wahr?

- So etwas kommt vor, verteidigte sich Mary.

- Selbstverständlich, sagte Amédéo spöttisch. Wenn Sie meine Meinung hören wollen, wäre es nicht das erste und sicher auch nicht das letzte Mal, dass so etwas passiert. Nur...

Er sah Mary mit einem abschätzigen Lächeln an:

- in Lanester ist so etwas noch nie vorgekommen.

- Es gibt für alles ein erstes Mal!

Amédéó beugte sich über den Schreibtisch hinweg zu Mary Lester hin:

- Nun sagen Sie mir, Lester, aus welchem Grund werden Leute in der Regel entführt?

- Um ein Lösegeld zu fordern.

- Genau. Es geht um Geld. Ich würde sogar sagen, es geht um sehr viel Geld. Einen Menschen kidnappen und die Familie erpressen, das ist ein riskantes Unterfangen. Das kann viel einbringen, aber man kann auch viel dabei verlieren. Vor Gericht wird so etwas nicht als Kavaliersdelikt gehandelt. Meist agieren Kidnapper in organisierten Banden... Das sind in der Regel Spezialisten aus dem Milieu oder terroristische Gruppierungen. Nennen Sie mir nur eine Person in Lanester, die so reich ist, dass es sich lohnen würde, sie zu kidnappen. Und finden Sie mal eine Gangsterbande in Lanester, die zu so einer Aktion in der Lage wäre. Oder besser noch, eine Terrororganisation...

Mary ging das Risiko ein:

- Die Bretonische Befreiungsfront FLB?

Amédéó zuckte mit den Schultern:

- Über diese Kasper kann ich doch nur lachen! In der Nacht Straßenschilder beschmieren, das ist das einzige, wozu die in der Lage sind. Hat die Familie denn eine Lösegeldforderung erhalten?

- Madame Sallabert hat nichts darüber gesagt, gab Mary zu.

- Dann können wir diese Hypothese wohl von der Liste streichen, stellte Amédéo fest. Dabei möchte ich betonen, dass ich selbst niemals eine Entführung in Betracht gezogen habe. Haben Sie noch andere Theorien?

- Er ist vielleicht ermordet worden, wagte Mary einzuwenden.

- Wo ist die Leiche? fragte Amédéo.

Und als Mary nichts entgegenzusetzen hatte:

- Zeigen Sie mir die Leiche, mein Kleines. Zeigen Sie mir die Leiche und wir nehmen sofort die Ermittlungen auf! In der Zwischenzeit haben wir doch genug Arbeit und müssen uns nicht noch selber welche dazu erfinden.

Er streckte die Hand aus:

- Geben Sie mir diese Notizen!

- Aber... versuchte Mary einzuwenden.

Amédéo bestand darauf:

- Ich kümmere mich persönlich um diese Angelegenheit. Ich habe das Gefühl, Sie machen am Ende noch Dummheiten. Glauben Sie mir, ich kann Ihnen aus Erfahrung sagen, dass Fälle wie dieser mit äußerster Diskretion behandelt werden müssen. Man muss da behutsam vorgehen!

- Eben, sagte Mary.

- Eben was, mein Kleines?

- Ich habe dieser Frau versprochen, dass wir bei unseren Ermittlungen diskret vorgehen.

- Das haben Sie gut gemacht. Hey, Lester, warum sehen Sie mich so an? Glauben Sie etwa, ich wäre dazu nicht in der Lage?

Mary hob kaum merklich die Achseln und seufzte:

- Nein, Monsieur.

- Na, das wollte ich aber auch meinen!

Geräuschvoll schob er seinen Stuhl zurück und erhob sich. Wir fahren zurück nach Lorient. Ich habe etwas für Sie: Ein paar Halbstarke, die zu dritt oder zu viert in ein Wochenendhaus eingebrochen sind. Die Burschen, die im Haus waren, sind uns leider durch die Lappen gegangen, aber wir haben den Kerl geschnappt, der am Steuer ihres Fluchtfahrzeugs saß. Nach einer wilden Verfolgungsjagd, das kann ich Ihnen sagen! Wie in einem amerikanischen Kinofilm. Zum Glück ist der Dummkopf gegen eine Mauer geknallt. Haben Sie schon einmal so einen jungen Straftäter vernommen?

- Nein, Monsieur.

- Na, dann haben Sie jetzt die Gelegenheit zur Feuertaufe, sozusagen!

★

Mary Lester fuhr, Amédéo auf den Fersen, zurück nach Lorient. Seit fast einem Jahr war sie nun bereits in der Bretagne; und was hatte sie in dieser Zeit hier gemacht? Anzeigen aufgenommen. Wegen Ladendiebstahl, nächtlicher mutwilliger Beschädigung öffentlichen Eigentums, wobei es sich meist um umgeworfene Mülltonnen handelte, oder Telefonzellen, aus denen die wenigen enthaltenen Münzen gestohlen worden waren. Oder wegen verunstalteter Blumenkübel und beschmierter Hauswände, mit bisweilen obszönen, bisweilen provokanten, aber immer vulgären Sprüchen, in denen einige Pseudointellektuelle einen spontanen Ausdruck zeitgenössischer Kunst sehen wollten.

Es kam auch vor, dass Autos oder Motorräder für kurze Spritztouren „ausgeliehen“ wurden. Außerdem kam es regelmäßig zu Prügeleien in Kneipen oder nach Diskothekenbesuchen, wobei dies meist rivalisierende Jugendbanden waren, die in ihren Auseinandersetzungen die überschüssige Energie abbauten, die sie nicht in eine geregelte Arbeit stecken konnten oder wollten.

In Lanester passierte nicht viel. Die ehemals ländliche Gemeinde hatte sich zu einer Schlafstadt des großen Nachbarn Lorient entwickelt. Es gab nur wenige zusammenhängende Gebäudekomplexe. Die Bevölkerung, die zum Großteil von ehemaligen Bauernfamilien abstammte, legte immer noch Wert auf ihr eigenes Häuschen mit Garten, wo man Gemüse für den Eigenbedarf anbaute und einige Hühner oder Kaninchen hielt, wie früher auf dem elterlichen Hof nicht weit weg, irgendwo weiter im Landesinneren in der Nähe der Stadt Pont-Scorff. Entlang der sorgfältig zementierten Gartenwege trocknete an Drähten die Wäsche. Die Leute waren genügsam, und Dinge wie Wintersport oder Urlaub an sonnigen Orten in fernen Gefilden kannten nur die Wenigsten.

Lanester war eine französische Kleinstadt wie Tausende andere, mit den gleichen überschaubaren Problemen wie in allen kleinen Gemeinden. Stadtplaner hatten in Lanester einen Ortskern geschaffen, mit neuen, modernen, sauberen Gebäuden, in denen es sich angenehm leben ließ... Es gab weitläufige Grünanlagen, einen künstlich angelegten See, kleine Geschäfte und große Supermärkte, ein Industriegebiet wie überall sonst auch, und dann gab es noch zwei bedeutende Wirtschaftsunternehmen: Das Arsenal, welches für die französische Marine arbeitete, und das Unternehmen S.B.F.M., oder die „Gießerei", wie die Leute hier sagen, die zur Renault-Gruppe gehörte.

Eine Stadt, in der monate- und jahrelang nichts passierte, und nun gab es zwei Vorfälle in zwei Tagen: der ertrunkene Landstreicher Maurice Toussaint und der verschwundene Supermarktleiter Antoine Sallabert.

Für den Kriminalbeamten Marc Amédéo gab es allerdings keinen Anlass zu ermitteln: Der Landstreicher war betrunken ins Wasser gefallen. Ein Unfall, der Fall konnte zu den Akten gelegt werden; und der Supermarktleiter war seiner Frau davongelaufen. Ein alltäglicher Vorfall.

Mary fand das komisch. Es stimmte, dass es vorkommen konnte, dass betrunkene Landstreicher ins Wasser fielen und ertranken. Und Fälle von Vermisstenanzeigen gab es zu Tausenden. Von Menschen, die genauso wenig offensichtliche Gründe hatten einfach von der Bildfläche zu verschwinden wie Antoine Sallabert. Also was war los?

Vielleicht bildete sich Mary auch nur ein, dass etwas nicht stimmte. War sie so desillusioniert von ihrer Polizeiarbeit, dass bereits die Phantasie mit ihr durchging? Schon möglich.

Hauptkommissar Marc Amédéo kümmerte sich ohnehin um alles. Sie konnte sich also in Ruhe um den Einbruch in das Wochenendhaus kümmern.

★

Der Festgenommene saß Mary Lester gegenüber, den Kopf gesenkt, die Ellenbogen auf die Knie gestützt. Mary betrachtete ihn mit einem Anflug von bitterem Mitleid. Ein so junger Kerl in Polizeigewahrsam, was für eine Verschwendung!

Der junge Mann beobachtete Mary aus den Augenwinkeln... Er versuchte gefährlich dreinzublicken, aber es gelang ihm nicht seine Angst zu verbergen.

Bekleidet war er mit dem obligatorischen schwarzen Anorak, einer verwaschenen Jeans und Cowboystiefeln. Ob er wohl überhaupt schon zwanzig Jahre alt war? Nicht sicher. Mary las im Bericht der Polizeibeamten nach, die ihn nach der Verfolgungsjagd im Auto verhaftet hatten, nachdem diese an einer Mauer ein unerfreuliches Ende gefunden hatte: *"Francis Le Gwen, neunzehn Jahre alt, aus Penher. Hat die Schule ohne Abschluss verlassen, keine feste Arbeit."* Logisch, dachte sie.

Mary blickte ihn erneut an. Der Junge sah eigentlich nicht wie ein Verbrecher aus. Ein Dickkopf, verschlagener Blick, geballte Fäuste. In den richtigen Händen hätte aus ihm ein guter Arbeiter werden können. Er hatte Spuren von Schmieröl an den Händen. Vielleicht ein Mechaniker...

- Sag mal, Francis, interessierst du dich für Mechanik?

Überrascht von dieser Frage hellte sich der Blick des Jungen auf. Damit hatte er nicht gerechnet. Sowieso war es ungewöhnlich von einer Frau verhört zu werden. Und sie sah gar nicht mal so schlecht aus. Natürlich ein bisschen zu alt, grob geschätzt mindestens fünfundzwanzig, aber trotzdem nicht schlecht. Jetzt, wo sie den blauen Dufflecoat mit den dicken Holzknöpfen ausgezogen hatte, konnte man unter dem Wollpulli mit dem Zopfmuster sogar weibliche Formen erkennen. Wie er trug sie eine Jeans, verwaschen aber sauber, und blitzblanke schwarze Boots.

- Warum? fragte er.

Mary lächelte. Seit seiner Verhaftung hatte Monsieur Le Gwen kein Wörtchen herausgebracht. Sie hatte den Eindruck, dass die Wachleute nur mit Mühe seine Identität herausbekommen hatten. Francis Le Gwen hatte sich vorgenommen, gegenüber den verhassten Polizisten nicht ein einziges Wort über seine Lippen zu bringen, noch nicht einmal seinen Namen. Doch er hatte Pech gehabt, einer der Beamten wohnte in seinem Viertel und hatte ihn erkannt. Sie sollten aber nicht davon ausgehen, dass er seine Kameraden verpfeifen würde! Aber es stimmte schon, dass er sich für Mechanik interessierte. Und sich auch ein wenig auskannte, ohne jemals eine Ausbildung gemacht zu haben. Er musterte Mary Lester prüfend. Komische Polizistin, irgendwie!

- Fragst du dich, fragte Mary, was das Ganze mit Mechanik zu tun hat?

Der Junge nickte verwirrt.

- Ist doch klar, erklärte Mary. In einer Bande sitzt immer der am Steuer, der am besten fahren kann. Und in der Regel kennt der beste Fahrer sich mit Mechanik aus.

Jetzt sah Francis Le Gwen Mary Lester fast gerade ins Gesicht, und beinahe ohne Feindseligkeit. Es stimmte, was sie sagte, er war der beste Fahrer, keiner aus der Bande konnte es mit ihm aufnehmen... Und trotzdem war ihm dieses Missgeschick passiert, dumm gelaufen. Allerdings war es nicht sein Fehler gewesen, das rechte Hinterrad dieses blöden Lieferwagens hatte beim Bremsen blockiert. Ein Problem, das vollkommen einfach zu beheben gewesen wäre!

- Dann hast du also kein Problem gehabt, den Lieferwagen zu starten...

- Warum hätte ich damit ein Problem haben sollen?

Die Frage kam spontan und mit einer Spur Sarkasmus in der Stimme.

- Naja, sagte Mary, ohne Schlüssel... Also wenn ich meine Autoschlüssel vergesse, bin ich aufgeschmissen! Aber für einen Spezialisten wie dich ist das natürlich die leichteste Übung!

Dieses Miststück! Darauf lief es also hinaus! Deshalb schlich sie um den heißen Brei herum! Ganz klar, ob männlich oder weiblich, diese Polizisten waren doch alle Arschlöcher!

- Sagen Sie mal, hey, ich habe die Karre nicht kurzgeschlossen! Wir haben den Wagen auf der *Route du pont du Bonhomme* gefunden, auf dem Parkplatz vor dem Restaurant. Die Tür stand offen, und sogar der

Schlüssel steckte im Zündschloss.

Als er Marys zweifelnden Blick bemerkte, hob er die Hand und ereiferte sich:

- Ich schwöre, wir wollten bloß etwas trinken, aber wir sind rausgeflogen. Drinnen war wohl irgendeine schicke Hochzeitsfeier. Also wollten wir zurück nach Lanester. Und weil es regnete und wir nicht zu Fuß zurücklaufen wollten, haben wir uns den Lieferwagen ausgeborgt. Aber dann hat Petit...

Mist, Francis Le Gwen hätte fast einen Namen ausgeplaudert. Wenn man ins Plaudern gerät... Dabei hatten seine älteren Freunde, die schon im Knast gesessen hatten, ihm immer eingeschärft: Bei der Polizei musst du die Schnauze halten. Wenn Du etwas sagst, reiten sie dich rein!

Von jetzt an würde er schweigen wie ein Grab.

Hinter seinem Rücken war Amédéo hereingekommen. Le Gwen hatte ihn nicht kommen gehört. Er packte den Jungen am Kragen und zwang ihn sich zu ihm umzudrehen:

- Erzähl weiter, Francis. Petit wie noch? Ich habe die Fortsetzung noch nicht gehört, also spuck mal aus!

Er schüttelte den Jungen wie einen jungen Pflaumenbaum, und als dieser stumm blieb, schrie er auf ihn ein:

- Du kleines Arschloch! Du willst also nicht reden? Das werden wir ja noch sehen!

Mary war von diesem brutalen Verhalten schockiert:

- Aber; Monsieur...

Marc Amédéo drehte sich wütend zu ihr um, ohne dabei Francis Le Gwen loszulassen:

-Aber was, Kommissarin Mary Lester, Sie sind erst vor sechs Monaten aus der Polizeischule entlassen worden und nun wollen Sie mir beibringen, wie ich meine Arbeit zu tun habe? Sie wissen wohl besser, wie man mit solch einem kleinen Verbrecher umgeht? Ja? Sie erzählen mir gleich etwas von Psychologie und was weiß ich noch für Quatsch? Ich sage Ihnen mal, welche Sprache diese Typen verstehen: Ohrfeigen und Tritte in den Hintern! So muss man mit denen reden!

Mary zwang sich zu einem beherrschten Ton:

- Ich dachte, Sie hätten mich mit diesem Verhör betraut!

- Ja, gab Amédéo mürrisch zu, das stimmt. Wir machen alle unsere Fehler, nicht wahr? Ich entziehe Ihnen hiermit diesen Fall. Sie sind damit unzufrieden? Ja? Ist mir egal. Hier bin immer noch ich der Chef! Und so wie Sie die Sache angehen, kommen wir keinen Schritt vorwärts! Und jetzt raus, lassen Sie mich mit diesem „Monsieur“ alleine, wir haben ein paar Dinge von Mann zu Mann zu besprechen!

Verdrießlich packte Mary ihre Sachen zusammen. Beim Hinausgehen zwinkerte sie dem verängstigten Le Gwen verschwörerisch zu. Was für ein unerträglicher Tyrann!

★

Der Wachmann Le Moal, der gerade am Empfang saß, hatte die Auseinandersetzung mit angehört. Mary knallte die Tür hinter sich zu. Dies war die einzige Möglichkeit ihrer Wut Luft zu machen, und sie machte ausgiebig von ihr Gebrauch.

Der beleibte Le Moal war ein gemütlicher älterer Herr mit roten Wangen und grauen Haaren. Er war der älteste Polizist in dieser Dienststelle und würde Ende des Jahres in den Ruhestand treten. Dann könnte er sich endlich ganz seinem Garten widmen, und natürlich dem Boules-Spiel mit seinen Freunden.

Er mochte die junge Kollegin gern, und es tat ihm leid, sie so bedrückt zu sehen.

- Nun kommen Sie schon, Mademoiselle, sagte er in väterlichem Tonfall. Er konnte sich nicht dazu durchringen, diese zierliche Frau, die noch jünger war als seine älteste Tochter „Kommissarin“ zu nennen, ist doch nicht so schlimm! Amédéo hat nicht ganz Unrecht, so ein Verhör ist immerhin kein Kinderspiel!

Er druckste herum, und Mary fragte sich, ob er es wohl wagen würde, seinen Gedanken auszusprechen. Ja, er wagte es:

- Das ist einfach keine Aufgabe für eine Frau!

- Was ist denn dann eine Aufgabe für eine Frau? entgegnete Mary aggressiv.

- Tja, überlegte Le Moal, ich weiß nicht... Meine Tochter zum Beispiel, die ist Französischlehrerin...

Er war ziemlich stolz auf seine Tochter, der alte Le Moal. Marys Zorn legte sich ein wenig. Sie ging näher an den Schalter heran, hinter welchem der Wachmann wie eingepfercht saß:

- Bei der Polilzei, Le Moal, was wären denn bei der Polizei Aufgaben für eine Frau?

- Tja... wand sich Le Moal verlegen.

Marys Wut flammte erneut auf:

- Sie wissen es wohl nicht, was? Ehrlich gesagt, ich auch nicht. Aber ich gewinne langsam den Eindruck, dass es für Frauen überhaupt keine Aufgaben bei der Polizei gibt!

- Das habe ich doch nicht gesagt, Mademoiselle, protestierte Le Moal unbeholfen.

- Stimmt, das haben Sie nicht gesagt, aber ich muss es leider feststellen. Sogar täglich. Der ertrunkene Landstreicher? Ein unglücklicher Unfall, sozusagen ein natürlicher Tod! Kümmern Sie sich nicht darum, Lester! Dieser Monsieur Sallabert, der verschwunden ist? Der hat die Biege gemacht, mein Kleines! Der große Marc Amédéo kümmert sich persönlich um die Ermittlungen! Gestohlene Autos und versuchter Einbruchdiebstahl, das ist auch nichts für die Kommissarsanwärterin Lester.

Sie sah dem Wachmann über den Schalter hinweg fest in die Augen und fragte:

- Also, Le Moal, sagen Sie's mir: Was bleibt denn für die Kommissarsanwärterin Lester hier zu tun?

Als der arme Le Moal stumm auf seine Hände schaute, spöttelte sie:

- Ah, gute Idee, ich könnte eine Ermittlung hinsichtlich der Blasen anstellen, die der Kriminalhauptkommissar Marc Amédéo an den Händen hat!

Le Moal war froh, dass das Gespräch sich in eine andere Richtung zu entwickeln schien und lachte:

- Amédéo hat Blasen an den Händen? Sind Sie sicher, Mademoiselle?

- Schon. Er hat lange genug mit seinen Pfoten unter meiner Nase herumgewedelt, dass ich Zeit hatte, sie ausgiebig zu bewundern!

- Vielleicht ist er nun doch unter die Handwerker gegangen, sagte Le Moal skeptisch. Wahrscheinlich ist er deshalb so schlecht gelaunt.

- Wer weiß, antwortete Mary, und schlug einen geschäftsmäßigen Tonfall an: Wissen Sie, wo sich das verunglückte Fahrzeug befindet?

- Welches? Das von dem missglückten Einbruch?

- Ja.

Le Moal schaute in seiner Kartei nach:

- Das ist von der Renault-Werkstatt abgeschleppt worden.

- Perfekt, sagte Mary. Danke, Le Moal.

Le Moals Blick folgte ihr, wie sie in Richtung Ausgang schlenderte, die dicke Sicherheitstür aus Stahl und Glas aufstieß und das Gebäude verließ. Er fragte sich, was sie wohl ausbrütete.

Draußen hüllte immer noch ein dünner Sprühregen die grauen Fassaden in einen trüben Nebel. Mary Lester sog gierig die feuchte Luft ein. Nachdem sie nun einmal ihres Büros verwiesen worden war, würde sie ein wenig spazieren gehen, und zwar in Richtung Renault-Werkstatt.

KAPITEL 4

Der Unfallwagen, ein beigefarbener Lieferwagen Modell Renault Trafic mit Hochdach, auf dessen Flanken in großen blauen Buchstaben *Center Marché Lanester* geschrieben stand, war in die Ecke des Hofes geschoben worden, auf dem bereits diverse andere Fahrzeugkarosserien dicht an dicht nebeneinander standen.

Der rechte Kotflügel hatte bei dem Zusammenstoss eine ordentliche Beule bekommen, und der Beifahrersitz war aus der Verankerung gesprungen. Francis Le Gwen hatte Glück gehabt, er hatte bei dem Unfall nicht einen Kratzer davongetragen. Trotzdem musste er einen ziemlichen Schock gehabt haben, immerhin hatten ihn die Polizisten im Auto sitzend vorgefunden.

Von hinten näherte sich ein Automechaniker und fragte spöttisch:

- Wollen Sie ihn kaufen?

Da hatte er Mary, die momentan überhaupt nicht zum Scherzen aufgelegt war, auf dem falschen Fuß erwischt. Sie war genervt von diesen Typen, die meinten, sich ihr gegenüber blöde Sprüche erlauben zu können, nur weil sie eine Frau war. Sie zog ihren Dienstausweis hervor wie eine Waffe:

- Polizei!

Dieses Wort verfehlte nicht seine Wirkung. Der Mechaniker wurde schlagartig ernst:

- Oh, entschuldigen Sie bitte.

- Haben Sie dieses Fahrzeug untersucht?

- Nein. Mein Kollege kümmert sich um diesen Wagen. Wenn Sie möchten, kann ich...

Mary unterbrach ihn:

- Ist nicht so wichtig. Können Sie mir sagen, ob er kurzgeschlossen worden ist?

- Wir können ja mal nachsehen.

Er öffnete die Tür und beugte sich unter das Steuer.

- Hier ist nichts kurzgeschlossen worden. Die elektrischen Anschlüsse sind tiptop in Ordnung.

- Sind Sie sicher?

- Na klar. Sehen Sie selbst. Und überhaupt, warum sollte jemand daran herumgefummelt haben? Der Zündschlüssel steckt doch!

Was das anging, hatte Le Gwen also nicht gelogen.

Der Mechaniker sah sie verständnislos an.

- Kann ich sonst noch etwas für Sie tun?

- Nein danke, das ist alles.

Langsam schlenderte er davon, wobei er sich noch zweimal mit fragendem Blick zu der Polizistin umdrehte.

Mary stieg in den Wagen ein und kletterte nach hinten in den Ladebereich. Sie konnte hier angenehm aufrecht stehen. Der Innenraum war mit Sperrholzplatten ausgekleidet, aber von Sägespänen oder Baumrinde war nichts zu sehen. Holz hatte Antoine Sallabert in letzter Zeit bestimmt nicht darin transportiert. Allerdings... Mary beugte sich zum Boden des Wagens hinunter, um genauer sehen zu können: Diese grauen Spuren sahen aus wie frischer Zement, der gerade erst getrocknet war. Und auf der Sperrholzverkleidung war eine Kratzspur... ein rostiger Kreis, wie von einem schweren zylindrischen Gegenstand. Das war alles. Ansonsten war der Wagen vollkommen leer.

- Dann lassen Sie mal hören, Kommissarin Lester! Was ist das Ergebnis Ihrer Untersuchung?

Die penetrante Stimme von Hauptkommissar Amédéo ließ Mary vor Schreck zusammenfahren. Wie sie diesen Kerl verabscheute!

★

Amédéo war ungehalten. Äußerst ungehalten sogar. Was hatte er verbrochen, dass man ihn mit dieser kleinen Schnüfflerin gestraft hatte, die ihre Nase überall hineinstecken musste?

So brutal sagte er es natürlich nicht, aber er dachte es. Und diese Gedanken waren so intensiv, dass es nicht nötig war, sie auszusprechen – sie waren deutlich genug auf seinem aufgebrachten Gesicht abzulesen.

In seinen Händen hielt er ein Lineal, das er so heftig hin- und herbog, dass es zu zerbrechen drohte. Mary Lester stand steif vor dem Schreibtisch, hinter dem er vor Wut schäumte. Als er donnernd mit der Faust auf die Tischplatte schlug, zuckte sie nicht einmal mit der Wimper. Erhobenen Hauptes sah sie ihn an. Mary empfand keine Reue, sie war sich sicher, dass sie vollkommen im Recht war. Was war denn verboten daran, einen gestohlenen Lieferwagen genauer unter die Lupe zu nehmen? Zugegeben, sie hatte eigenmächtig gehandelt. Aber musste er deshalb einen solchen Wutanfall bekommen? Sie fand keine Erklärung für seine Reaktion.

Mary wusste genau, sobald sie das Büro verlassen hätte, würde Marc Amédéo in Flüche und Verwünschungen gegen die gesamte Menschheit (insbesondere den weiblichen Teil) ausbrechen. Vor allem natürlich gegen diejenigen Frauen, die die Unverfrorenheit besaßen bei der Polizei anzuheuern. Und nicht zuletzt gegen diese männlichen Idioten, die auf die unmögliche Idee gekommen waren, den Polizeiberuf für Frauen überhaupt zugänglich zu machen. Als Zeuge dieses Ausbruchs würde der nächstbeste diensthabende Beamte herhalten müssen, der den Redeschwall unterwürfig lächelnd über sich ergehen lassen würde.

- Sie glauben doch nicht etwa, sagte sie eisig, dass ich zuerst Jura studiert und anschließend die Polizeischule besucht habe, nur um dann in einer kleinen Zweigdienststelle auf der Schreibmaschine zu tippen?

Amédéo legte matt das Lineal auf den Schreibtisch. Nun, da er seiner Wut Luft gemacht hatte, konnte er beinahe schon wieder ruhig sprechen. Jedenfalls gab er sich große Mühe. Er legte seine Hände flach auf die Schreibtischunterlage und sah Mary in die Augen:

- Hören Sie mal, mein Kleines, was kümmert es uns denn, ob dieser Lieferwagen einen Sack Zement, ein Fass aus Metall, Karotten oder Rüben oder sonst was transportiert hat? Das Fahrzeug gehört einem Supermarkt, und vermutlich wurde damit schon alles transportiert, was der in seinem Sortiment hat. Es kostet uns nur Zeit, eine Aufstellung dieser Dinge zu machen. Die Frage ist: Was bringt uns das?

- Vielleicht bringt uns das nichts, entgegnete Mary störrisch. Aber ich verstehe nicht, warum Sie sich so aufregen, nur weil ich zur Renault-Werkstatt gegangen bin, um mir den Lieferwagen anzusehen.

- Zeitverschwendung, stieß Amédéo hervor. Wir haben doch wirklich anderes zu tun!

- Sie vielleicht. Sie kümmern sich um den Landstreicher, Sie kümmern sich um die Einbrecher, Sie kümmern sich um den verschwundenen Monsieur Sallabert...

Fast hätte sie hinzugefügt:

- Sie würden sich bestimmt auch gerne um die kleine Madame

Sallabert kümmern, um sie ein wenig zu trösten. Aber Sie sind zu alt, zu hässlich und zu dämlich, um bei der landen zu können!

Damit wäre sie allerdings zu weit gegangen. Zwar stimmte es vielleicht sogar, aber nicht jede Wahrheit sollte auch ausgesprochen werden. Deshalb beschränkte sie sich darauf hinzuzufügen:

- Übrigens hätten wir eigentlich die Kettensäge von Monsieur Sallabert in dem Lieferwagen finden müssen!

- *Die* haben Sie also gesucht?

Plötzlich schien Amédéo erleichtert.

- Na, da kann ich Sie beruhigen, junge Frau: Die Kettensäge haben wir bereits gefunden!

- Ach ja? Wo denn?

- In einer Tür, stellen Sie sich das mal vor!

Sie sah Amédéo an. Machte er sich etwa schon wieder über sie lustig? Amédéo schien auf einmal richtiggehend heiter gestimmt.

- Jawohl, Mademoiselle Lester. Und zwar in der Tür des Hauses, in das Ihr kleiner Schützling und seine Bande einbrechen wollten. Sehen Sie, die Tür war aus circa acht Zentimeter dickem Eichenholz, und ohne die Schlüssel kamen sie nicht rein. Aber von so einer läppischen Tür wollten die Bürschchen sich nicht einschüchtern lassen. Vier Schnitte mit der Kettensäge, und schwupp war das Hindernis beseitigt! Nur, was sie vergessen hatten, so eine Kettensäge macht Lärm. Das fällt nachts natürlich noch stärker auf als tagsüber. Die Nachbarn sind wach geworden und haben uns gerufen, den Rest kennen Sie ja. Sind Sie nun zufrieden?

Mary zuckte mit den Schultern:

- Trotzdem wissen wir immer noch nicht, was aus Antoine Sallabert geworden ist!

Amédéo hob die Hände zur Decke:

- Da haben wir es wieder, Antoine Sallabert ist verschwunden! Glauben Sie denn, der ist für alle Welt verschwunden?

- Sie haben also neue Informationen! rief Mary empört.

- Aber nein, mein Kleines, beruhigte sie Amédéo und tippte an seine Nasenspitze. Ich habe so ein Gefühl. Und zwanzig Jahre Erfahrung. Wenn Francis Le Gwen uns die Wahrheit sagen würde, dann wüssten wir jetzt, dass sie den Lieferwagen am Bahnhof oder am Flughafen gefunden haben, darauf verwette ich meinen Kopf.

- Aber, versuchte Mary einzuwenden, er hat gesagt, dass...

- Ich weiß, unterbrach Amédéo, er hat gesagt, er hätte den Lieferwagen am Pont du Bonhomme gefunden... Aber das nehme ich ihm nicht ab. Egal, was Sie Madame Sallabert sagen, damit sie der bitteren Wahrheit nicht ins Gesicht sehen muss: Meiner Meinung nach ist der Mann abgehauen. Nun gucken Sie mich nicht so an, mein Kleines, der ist mit einer anderen Frau über alle Berge. So etwas kommt doch vor.

- Aber er hat keine Kleidung mitgenommen!

- Was beweist das schon? Vielleicht stand seine gepackte Tasche schon im Büro oder irgendwo anders! Er sagt zu seiner Frau, dass er in den Wald fährt, aber in Wirklichkeit holt er sein Gepäck. Er zieht sich im Lieferwagen um und nimmt einen Flug, oder besser noch den Zug nach Paris, das ist anonymer. Von hier aus steht die Welt ihm offen. Klassischerweise hätte er noch eine Lebensversicherung zugunsten seiner Frau abgeschlossen. Und in sechs Monaten, einem Jahr, drei Jahren, findet man ihn dann auf den Galapagos-Inseln oder im Tuamotu-Archipel, wo er sich mit seiner großen Liebe am heißen Sandstrand räkelt. Oder man findet ihn auch nie mehr, weil er schlauer war als die anderen. Auch das ist schon vorgekommen!

- Das ist doch ekelhaft! sagte Mary.

- Aber nein, antwortete der mittlerweile vollkommen ruhige Amédéo, so ist das Leben! Wissen Sie, wie viele Menschen jedes Jahr in Frankreich einfach verschwinden? Menschen, die genauso wenig Grund dazu haben wie dieser Sallabert?

Fünfundzwanzigtausend vermisste Personen, Männer und Frauen, die sich jedes Jahr einfach in Luft auflösen und nie wieder gefunden werden. Ihr Sallabert ist einfach noch einer mehr.

- Aber seine Frau, protestierte Mary, die ist doch ziemlich attraktiv!

- Natürlich ist sie das, von außen betrachtet. Aber wer sagt Ihnen, dass sie nicht im Alltag eine Nervensäge ist? Na? Das können wir doch gar nicht wissen! Sie haben ja keinen Partner, Mary! Aber ich kann Ihnen sagen, ich habe auch eine ziemlich attraktive Ehefrau, nur manchmal ist sie einfach... oh là, là!

Er schien kurz in düstere Gedanken zu versinken und fuhr sich schwer seufzend mit der Hand über die Stirn.

- Lassen Sie mich jetzt alleine, mein Kleines, ich habe zu tun.

★

In der Eingangshalle des Kommissariats saß Monsieur Le Moal am Empfangstresen. Auf seiner roten Nase thronte eine kleine Brille mit halbmondförmigen Gläsern; seine Brille „für's genau Hinsehen", wie er sie nannte. Er löste offenbar gerade ein besonders kniffliges Kreuzworträtsel. Über den Rand seiner Brille hinweg sah er Mary an und fragte freundlich:

- Alles in Ordnung, Mademoiselle?

- Heute ist mein Glückstag, Le Moal, erwiderte sie düster, mein Glückstag! Ich weiß nicht, was ich Amédéo getan habe, wirklich nicht! Ich glaube, er ist einfach frauenfeindlich!

- Liegt wahrscheinlich an seiner schwierigen Ehe, raunte Le Moal vertraulich im Tonfall eines Experten.

Er sah sich nach rechts und links um und schaute in die Flure, um sicherzugehen, dass niemand ihn hörte. Dann fragte er:

- Kennen Sie denn nicht seine Frau?

- Nein, sagte Mary, ich habe sie noch nie hier gesehen.

- Eine attraktive Frau, Le Moal deutete mit den Händen die wohlgeformten Rundungen eines weiblichen Körpers an. Sie ist gut zwanzig Jahre jünger als er. Tja, es sieht so aus, als ob... Er führte seine beiden Zeigefinger wie Hörner an die Stirn und kicherte.

Mary prustete auf:

- Amédéo, der große Macho, wird von seiner Frau betrogen?

Le Moal nickte zustimmend.

- Er weiß es auch. Nach seiner miesen Laune zu urteilen hat er sie bestimmt in Flagranti erwischt. Meiner Meinung nach ist er deswegen so ungenießbar.

Und wie um seinen Chef zu verteidigen fügt er hinzu:

- Man muss sich mal in seine Lage versetzen!

Mary lachte erneut auf:

- Nein, danke, ich lege keinen Wert darauf!

- Aber ansonsten, versicherte Le Moal, der den ironischen Unterton in Marys Stimme nicht bemerkt hatte, ist Amédéo gar kein übler Kerl.

★

Mary verließ das Kommissariat und stieg in ihren kleinen Austin. Soso, Amédéo war also ein „gehörnter Ehemann"...

Irgendwie gefiel ihr diese Neuigkeit. Sie fühlte sich gerächt...

Gerächt von einer anderen Frau, die sie nicht einmal kannte. Heute war Amédéo so unausstehlich gewesen, dass sie ihn am liebsten verprügelt hätte. An ihm hätte sie gerne die Nahkampftechniken ausprobiert, die sie in der Polizeischule gelernt hatte. Leider kam das natürlich nicht in Frage.

Sie fuhr durch die leeren Straßen von Lanester. Den Austin Mini hatte sie sich von ihrem ersten Gehalt gekauft. Bevor sie in die Polizeischule eingetreten war, hatte sie in einer Anwaltskanzlei gearbeitet. Vielleicht hätte sie in dem Beruf bleiben sollen, oder bei Gericht arbeiten. Jugendrichterin, das wäre sicherlich etwas gewesen, das ihr gelegen hätte.

Anwältin oder Richterin, das waren angesehene Berufe! Wer hat nicht schon im Radio oder im Fernsehen Kläger oder Beklagte am Tag vor ihrem Prozessauftakt sagen hören: „Ich habe Vertrauen in die Rechtsprechung unseres Landes!". Aber hörte man jemals die Leute sagen „Ich habe Vertrauen in die Polizei unseres Landes!". Wohl kaum. Konnte man denn überhaupt Vertrauen in die Polizei haben? War jemand wie dieser cholerische Marc Amédéo etwa eine vertrauenswürdige Person?

Mary drosselte die Geschwindigkeit. Ohne es zu merken war sie in Kerhervy angekommen. Sie mochte diese Gegend an der Mündung des Flüsschens Blavet. Im Sommer waren hier immer viele Leute unterwegs. Am Ufer war ein kleines Freilufttheater, eine mit einem Palisadenzaun umfriedete halbrunde leicht abfallende Rasenfläche, in deren Mitte sich direkt am Wasser die Bühne befand. Einige große Bäume, die dem Sturm im Oktober zum Opfer gefallen waren, lagen umgeknickt im Gras. Hierher also sollte Antoine Sallabert gekommen sein, um Holz für seinen Kamin zu machen. Aus dem Wasser ragten die Gerippe alter Fischkutter, die am Rande des Ozeans im Schlick verrotteten.

Im Sommer, bei schönem Wetter, kamen die Leute zum Baden, zum Picknicken und zum Kanu fahren nach Kerhervy. Die Luft war dann erfüllt von Vogelstimmen, dem Rascheln von Blättern und dem Geschrei von Kindern.

Jetzt im Winter war es hier sehr einsam und ein wenig gruselig. Mary kam trotzdem gerne an diesen Ort. Sie fand es romantisch, wie die Kormorane auf den Skeletten der Boote ihre schwarzen Federn zum Trocknen in den Wind hielten. Sie saßen regungslos dort, die Flügel ausgestreckt wie gekreuzigt. Die kleinen, an Hochsitze erinnernden Baracken, an welchen bei den Vorstellungen die Projektoren und Lautsprecher befestigt wurden, wirkten im Dämmerlicht des hereinbrechenden Abends wie Wachtürme und ließen das Freilufttheater wie ein Gefangenenlager aussehen.

Mary ging ein paar Schritte am Ufer entlang. Es roch angenehm nach Meer, Algen und nach Wald... Sie kletterte auf die seit Monaten verlassene Bühne. Man hatte offensichtlich mit Renovierungsarbeiten begonnen, aber die Baustelle schien schon seit längerer Zeit nicht mehr in Betrieb gewesen zu sein. Wahrscheinlich würden die Arbeiten im Frühjahr wieder aufgenommen werden. Auf dem Boden bemerkte Mary einen hellen grauen Fleck. Sie beugte sich näher zu dem Fleck hinunter und berührte ihn mit den Fingerspitzen. Es war frischer Zement!

Mary lief ein kaltes Zittern den Rücken hinunter. Plötzlich war die ganze Romantik wie weggeblasen und sie wurde von einer panischen Angst erfasst. Im Schatten der düsteren Wachtürme wirkten die verrottenden Schiffskörper plötzlich wie gespenstische Festungen, auf denen bösartige Kobolde ihr Unwesen trieben.

Sie rannte zurück zu ihrem Auto, sprang hinein und knallte heftig die Tür hinter sich zu. Schnell, den Schlüssel ins Zündschloss... sie stocherte mit dem Schlüssel herum und fand die Öffnung nicht... Endlich geschafft, der Motor sprang an, die Scheinwerfer erhellten die Straße, die Kupplung knirschte, als Mary eilig den Rückwärtsgang einlegte. Nun, da sie zurück in vertrauter Umgebung war, den Geruch der Ledersitze einatmete, und die Musik von Mozart aus den Lautsprechern tönte, beruhigte Mary sich allmählich wieder.

Nichts hatte sich verändert, noch immer war keine Menschenseele unterwegs. Mary fuhr zurück, den Lichtern der Stadt entgegen, und lachte wegen ihrer plötzlichen Panikattacke über sich selbst.

★

Mit heruntergekurbelter Scheibe fuhr Mary ziellos durch die Straßen von Lanester. Die milde und feuchte Luft tat ihr gut. Sie fragte sich, warum sie wegen dieses frisch getrockneten Zementflecks so panisch reagiert hatte. Wie kam es, dass die Ängste ihrer Kindheit so plötzlich und brutal wieder über sie hereingebrochen waren? Diese Beklemmung, die sie früher empfunden hatte, wenn sie nachts allein in ihrem kleinen Zimmer lag und das Licht ausgeschaltet war. Im Mondlicht hatte es ihr dann geschienen, als verwandelte sich der Pflaumenbaum vor ihrem Fenster in ein Monster, während sich die Gardinen wie kleine Geister im Winde wiegten...

Sie fuhr an der langen grauen Mauer des Arsenals entlang, die oben mit Stacheldraht gesichert war. Sie hatte vergessen, dass diese Straße in einer Sackgasse mündete, an deren Ende neben dem Zugangstor zu der Werft ein Gendarm der Marine vor einem großen Schild Wache hielt: „Militärisches Sperrgebiet, Betreten verboten".

Die Werkstätten waren bereits leer. Nur im Bistro *Chez Marie-Thé* herrschte noch etwas Leben. Hier genehmigte man sich unter „Kollegen" noch eine „Kanone", bevor man den Heimweg antrat.

Auf der schmalen Straße wendete Mary mühsam ihren Wagen unter dem Blick des Wachmanns, der einem unsichtbaren Gesprächspartner im Inneren des Wachhäuschens spöttische Kommentare zurief. Dann setzte sie ohne Eile ihre ziellose Fahrt durch die Straßen der Stadt fort.

Sie gelangte zurück ans Ufer des Scorff, dorthin, wo Aimable Maugracieux zwischen den in den Schlick gerammten Baumstämmen den toten Toutousse gefunden hatte.

Seit wann steckten diese Holzpfähle eigentlich hier? Einige sicher schon seit hunderten von Jahren. Sie hatte sogar gehört, dass dieser Holzpark unter Denkmalschutz stand. Warum auch nicht? Man konnte ihn ohnehin schützen wie man wollte, eines Tages würden die Baumstämme trotzdem im unendlichen und ewigen Meer verschwinden. Unzählige Male noch würden sie von der Flut überspült werden, aber eines Tages würden diese Überbleibsel der alten Marine einfach in den Fluten verschwunden sein, und mit ihnen die letzten Erinnerungen an eine Zeit, in welcher die Schiffe noch aus Holz waren und vom Wind angetrieben wurden.

Lediglich einige Gelehrte würden dann noch wissen, dass eines Tages, zu einer Zeit, als es hier nur Schlick und Heideland gab, die Indien-Kompanie an dieser Stelle ein gewaltiges Schiff gebaut hatte, 200 Fuß lang, eine für damalige Verhältnisse unvorstellbare Größe. Dieses Schiff war für den Handel mit Indien bestimmt gewesen und man hatte es *L'Orient* getauft. Genauso wie die Stadt, die später auf diesem Stück Land entstanden war.

Auf der anderen Seite der Mündung gingen nach und nach die Lichter der großen Stadt an. Auf seinen steinernen Sockeln überspannte die geometrische Stahlkonstruktion der Eisenbahnbrücke die Scorff-Mündung, und nur mühsam erkannte man darunter einige Bauten aus Kriegszeiten, deren graue Militärfarbe mit dem winterlichen Grau der Umgebung verschmolz.

Das kleine Auto erreichte die Brücke. Ein Zug rollte ächzend und ratternd in Richtung Paris davon. Durch die erleuchteten Fenster wirkten die Konturen der Reisenden wie chinesische Scherenschnitte. Die roten Scheinwerfer des Zuges verschwanden in der Dämmerung, dann war es still.

Seit etwa zwei Wochen war das Betreten des Metallstegs verboten, auf dem man die Brücke zu Fuß überqueren konnte. Die langsam altersschwach gewordene Brüstung wurde gerade erneuert. Von Laternen erleuchtete Absperrungen blockierten den Durchgang.

Standen diese Bauarbeiten in einem Zusammenhang mit dem Tod des Landstreichers? Er hatte dort unten in der Nähe der Brücke in einem Bunker aus dem letzten Weltkrieg gelebt, zwischen der Rue Camille Pelletan und der Mauer des Arsenals. Maurice Toussaint hatte eine Villa am Meer bewohnt, mit einem unverbaubaren Blick auf das schlammige Ufer, auf einen Abfluss, der Ströme von schäumendem Seifenwasser spie, auf einen verwahrlosten Vorgarten, der mit alten Plastiktüten dekoriert war, wie seltsame bunte Blätter, die vom Wind in die kahlen Bäume geweht worden waren; einige Ratten gab es bestimmt auch...

Amédéo hatte sicherlich Recht. Der Tod des Landstreichers musste ein Unfall gewesen sein. Mary Lester konnte sich die Szene gut vorstellen: Maurice Toussaint hatte seine Bigorneaux gesammelt und war aufgebrochen, um sie in Lorient zu verkaufen. Wie jeden Tag hatte er die Brücke überquert, selbstverständlich ohne sich an das Verbot zu halten. Nachts war er auf gleichem Wege zurückgekommen, war ausgerutscht und ins Wasser gefallen...

Dies war die plausibelste, die logischste Annahme. Dennoch tat Mary sich schwer damit, sich mit dieser Version zufrieden zu geben. Genauso wenig wie mit Amédéos Hypothese des geflüchteten Antoine Sallabert. Sie versuchte sachlich an den Fall heranzugehen: Würde sie die gleichen Zweifel hegen, wenn ein anderer, sympathischer Kollege diese Schlussfolgerungen gezogen hätte? Nein. Sie musste sich ehrlich eingestehen, dass ihre Skepsis zu großen Teilen durch die heftige Antipathie genährt wurde, die sie gegenüber Marc Amédéo empfand.

Sie hätte diesem selbstsicheren störrischen Esel gerne gezeigt, dass er Unrecht hatte. Dass Antoine Sallabert doch nicht dieser Mistkerl war, der Frau und Kinder im Stich ließ, um sich mit einer anderen Frau aus dem Staub zu machen. Übrigens, hatte er denn überhaupt die finanziellen Mittel dazu? Der Supermarkt gehörte ihm doch nicht. Sicher, er war der Direktor, aber trotzdem nur ein Angestellter. In Zeiten wie diesen mit hoher Arbeitslosigkeit, gab man da so leichtfertig eine solche Stelle auf? Das war doch alles unlogisch!

Mary Lester hatte noch Marc Amédéos Stimme im Ohr, dieses Machos, der offenbar selber von seiner Frau betrogen wurde (geschah ihm ganz recht!):

- Er hatte sein Gepäck schon fix und fertig im Büro... Er hat sich im Lieferwagen umgezogen, ist dann mit dem Flugzeug oder dem Zug verschwunden...

Sie stellte sich die Fortsetzung dieses Dialogs vor, die schlagfertigen Antworten, die sie Amédéo entgegenschleudern würde:

- Aber Chef, wenn er sich in seinem Wagen umgezogen hat, dann hätten wir seinen Blaumann und die Stiefel finden müssen... Und sagen Sie bloß nicht, dass er sie mit nach Tahiti genommen hat, um in der Lagune zu fischen!

Vor ihrem geistigen Auge stellte sie sich vor, wie er wütend wurde. Er mochte es ganz und gar nicht, wenn man ihm Widerworte gab. Für sein beschränktes Polizistenhirn war es fast mit Rebellion gleichzusetzen, wenn ein Untergebener einen Einwand vorbrachte. Besonders, wenn es sich dann noch um einen Kommissaren auf Probe handelte, beziehungsweise noch schlimmer, um eine KommissarIN auf Probe! Trocken würde er entgegnen:

- Die hat man ihm gestohlen! Der Lieferwagen war nicht abgeschlossen, jeder hätte ihn betreten können. Ein Blaumann, Stiefel! Heutzutage können die Leute alles gebrauchen!

In ihrer Vorstellung hätte Mary sanft geantwortet:

- Und die Kettensäge lässt derjenige zurück?

Sie stellte sich vor, dass Amédéo daraufhin in einer Mischung aus Erstaunen und Überraschung die Augenbrauen hochziehen würde:

- Der vermutliche Dieb stiehlt den Blaumann und die Stiefel, die vielleicht noch nicht einmal in seiner Größe sind, lässt aber die Kettensäge zurück, die zehn mal so viel Wert ist? Das ist doch unlogisch, Chef!

Dann würde er bestimmt ausfallend werden, der Chef. Er würde keine Argumente mehr haben, und das mochte er gar nicht.

- Ach, Sie gehen mir auf den Geist, Lester! Sie machen mich am Ende noch verrückt! Das ist doch Haarspalterei! Den Arbeitsanzug, die Stiefel, die haben die Diebe wahrscheinlich einfach zur Tür hinausgeworfen, oder finden Sie das so abwegig?

Und Mary gäbe folgsam zu:

- Ja, Chef, Sie haben Recht. Wahrscheinlich haben die Diebe die Sachen weggeworfen. Ganz bestimmt sogar. Wieso bin ich nicht selber darauf gekommen?

Woraufhin Marc Amédéo ihr missmutig einen schälen Seitenblick zuwerfen und sich fragen würde, ob diese unverschämte Trulla sich nicht zufällig gerade über ihn lustig machte...

Mary war die Brückenböschung hinaufgeklettert und wagte sich nun auf den Metallsteg vor, der unter ihren Schritten vibrierte. Sie vermied es nach unten zu sehen, denn ohne Geländer war das alles andere als vertrauenserweckend. Schließlich klammerte sie sich an einen Brückenträger und lehnte sich nach vorn. Das Wasser der ansteigenden Flut begann bereits die wenigen auf dem Schlick liegenden Boote zu unterspülen. Eine leere Flasche wurde von einer Welle mitgerissen und trieb dümpelnd an ihr vorbei. Die Umweltverschmutzung machte auch vor dem Meer nicht halt. Die Leute schmissen ihren Dreck einfach überall hin. Die Mülldeponie war zu weit weg und hier war man in der Regel unbeobachtet. Also rückwärts mit dem Wagen an die Böschung fahren, Kofferraum auf, und hopp, hier sieht's ja keiner, ab in die Fluten mit dem Abfall unserer Konsumgesellschaft!

Am Ufer lag eine Matratze im Endstadium der Verwesung. Ihre Stahlfedern quollen wie kranke Eingeweide daraus hervor. Außerdem konnte Mary die emaillierte Oberfläche eines Küchenherds unter der Brücke ausmachen, sowie ein Fass aus Metall und einige Autoreifen. Irgendwann würde der schwarze Schlick das ganze Gerümpel verschlingen, und die Natur würde nach und nach alles brav zersetzen. Sehr langsam, wohlgemerkt, die Natur hatte es nicht eilig, ihr gehörte die Ewigkeit!

Auf gewisse Weise konnte man auch Toutousse als gesellschaftlichen Abfall bezeichnen. Er war ins Wasser gefallen, Tod durch Kälteschock oder Ertrinken, wie auch immer. Die steigende Flut hatte den Körper langsam bis zur Brücke Saint Christophe getrieben. Dann hatte unweigerlich die Ebbe eingesetzt, der Wechsel der Gezeiten war unveränderlich: Sechs Stunden auflaufendes Wasser, sechs Stunden ablaufendes Wasser. So war es seit Beginn der Zeit, und es gab keinen Grund dafür, dass sich dieser Rhythmus in der Zukunft ändern sollte.

Toutousse hatte keine Lust auf dieses ewige Auf und Ab gehabt. Mit dem Riemen seiner Schultertasche hatte er sich an einem Pfahl vertäut, wo er später von Aimable Maugracieux – mit dem unpassenden Vor- und dem passenden Nachnamen – zu dessen großem Missfallen gefunden wurde.

★

Mary schlief schlecht. Sie träumte von Zement und gigantischen Kormoranen, merkwürdigen gefiederten Wesen mit flugsaurierartigen Kiefern, deren riesige Augen sie feindselig und gleichzeitig gierig anstarrten; wie die Aasgeier in Westernfilmen, die auf einem mexikanischen Kaktus sitzen und auf den Leichnam des Gehenkten lauern.

Dann waren Wächter durch ihr Schlafzimmer patrouilliert, schwarze Holzpfeiler luden zu einer Kreuzigung ein, elektrischer Stacheldrahtzaun, ... Wasserleichen, jede Menge kichernder Wasserleichen mit leeren Augenhöhlen und übersät mit Meeresschnecken...

Und dieser Irre, der aus vollem Halse schrie:

- Also, Kommissarin Lester, welche Schlüsse ziehen Sie daraus?

Sie erwachte keuchend, von kaltem Schweiß überströmt und stammelte, noch halb in ihrem Albtraum gefangen:

- Keine, Chef, überhaupt keine!

Im rosa Schein der Nachttischlampe beruhigte sie sich wieder. Sie leerte zwei große Gläser Wasser in einem Zug, um das trockene Gefühl im Hals loszuwerden. Dann setzte sie sich in ihrem Bett auf und schüttelte das noch feuchte Kopfkissen zurecht. Sie ging den vergangenen Tag noch einmal Minute für Minute in ihrem Kopf durch. Sie hatte das Gefühl, dass irgendetwas nicht stimmte, dass sie irgendetwas Wichtiges übersehen hatte. Als ob sie auf den entscheidenden Hinweis gestoßen war, der Licht in die ganze Sache bringen würde. Aber was bloß? Sie kam nicht darauf.

Schließlich nahm sie eine Schlaftablette und fiel schon nach kurzer Zeit in einen bleiernen Schlaf.

★

Mary Lester näherte sich dem Kommissariat ohne Eile. Das Schlafmittel hatte ganze Arbeit geleistet und sie hatte das Klingeln ihres Weckers verschlafen. Amédéo würde mit Sicherheit begeistert sein, sie bei einem Verstoß gegen die Dienstpflicht zu erwischen. Ach, sollte Amédéó ihr doch den Buckel herunterrutschen!

Sicher würde er sich in anzüglichen Anspielungen ergehen, über „heiße Nächte" und „was die jungen Mädchen heutzutage mit ihrem Körper anstellen". Mary verabscheute diese Art zu reden, aber um Amédéo auf die Palme zu bringen, würde sie ihm im gleichen Tonfall entgegnen:

- Ach, wissen Sie Monsieur, echte Männer sind heutzutage so selten, dass man jede Gelegenheit ausnutzen muss, wenn man mal auf einen trifft, meinen Sie nicht?

Sowieso konnte es Amédéo doch vollkommen egal sein, ob sie pünktlich zur Arbeit kam oder nicht, da er sie ja sowieso von allen Aufgaben fern hielt. Der Tod des Landstreichers? Lassen Sie gut sein, Lester, Unfall! Der verschwundene Monsieur Sallabert? Ist abgehauen, Lester. Davon abgesehen kümmere ich mich selber darum. Das Verhör der Diebesbande? Dazu stellen Sie sich zu unbeholfen an, Lester, lassen Sie das mal uns Männer machen!

Also, was blieb denn für die kleine Lester übrig? Sagen Sie mal, Chef, was sollte sie denn machen?

- Na, die Verbrechensstatistiken für das erste Semester aufstellen, mein Kleines. Ich bin sicher, dass Sie das sehr gut machen werden! Mit prozentualen Angaben und einer Graphik, einer Kurve! Die muss natürlich nach unten gehen, ist klar. Der Minister liebt Kurven, die nach unten gehen, jedenfalls in Sachen Kriminalität!

Das konnte wohl sein, allerdings liebte Mary Lester weder Kurven, noch mochte sie Katzbuckelei. Außerdem hasste sie Büroarbeit! Sie hasste dieses Kommissariat, wo es nach Schweiß, Käsefüßen und saurem Wein roch. Dieser Geruch nach Misere widerte sie an. Sie war doch nicht in den Polizeidienst eingetreten, um hier als Sekretärin zu arbeiten. Da hätte sie genauso gut bei ihrem Anwalt bleiben können. Wenigstens waren dort die Büros sauber, sogar luxuriös gewesen, die Kollegen höflich und man hatte sie nicht wie eine Ausnahmeerscheinung betrachtet, nur weil sie eine Frau war. Obendrein war sogar das Gehalt besser gewesen!

Also Mary Lester, sollte dein Aufenthalt an der Polizeischule, die harte Nahkampfausbildung, das Fahrsicherheitstraining, die Schießübungen, sollte das alles wirklich umsonst gewesen sein?

Ja, es schien so. In was für einem Zustand geistiger Umnachtung musste sie sich befunden haben, als sie diesen idiotischen Beruf gewählt hatte!

★

Der Brigadier Le Moal verließ gähnend das Kommissariat. Er hatte gerade seine Nachtschicht beendet und trug noch seine Uniformhose und die schwarzen Schuhe, hatte aber seine Dienstjacke und die Mütze in seinem Spind gelassen. Es war nicht immer ratsam als Polizist aufzutreten, wenn man öffentliche Verkehrsmittel benutzte.

Er grüsste Mary:

- Guten Tag, Mademoiselle.
- Guten Tag, Le Moal. Ist Amédéo da?
- Nein, der ist noch nicht angekommen.

Mary entfuhr ein erleichterter Seufzer. Keine besonderen Vorkommnisse heute Nacht, Le Moal?

- Nichts, Mademoiselle.
- Gehen Sie jetzt nach Hause?
- Oh ja. Ich nehme allerdings den Bus.
- Ich fahre Sie, Le Moal.
- Oh, protestierte Le Moal und unterdrückte ein Gähnen, so müde bin ich gar nicht.
- Keine Angst, das geht doch ganz schnell. Kennen Sie eigentlich Kerhervy?

- Klar kenne ich das. Im Sommer fahren meine Frau und ich immer mit den Enkeln hin. Wir machen Picknick, spielen Boules, ... Sogar im Winter fahren wir manchmal zum Training hin. Da ist ein Schießstand im Steinbruch.

- Sind Sie ein guter Schütze, Le Moal?

Der dicke Mann lachte auf:

- Ich schieße wie ein Schwein, Mademoiselle! Mit meinem Revolver jedenfalls. Beim Boules-Spiel hingegen...

Sie lachten beide.

- Das ist aber gar nicht gut für einen Polizisten, sagte Mary mit gespielter Strenge.

Le Moal lachte wieder:

- Sie haben gut reden, man braucht nicht Buffalo Bill zu sein, um sich um die laufenden Vorgänge zu kümmern und Telefondienst zu machen!

Sie lachten erneut, dann wurde Mary ernst:

- Ich werde Ihnen ein Geheimnis anvertrauen, Le Moal. Ich würde gern etwas in Kerhervy überprüfen, und hätte dazu gern männliche Begleitung.

- Ah! rief Le Moal aus; wegen der Zigeuner!

- Zigeuner? fragte Mary und runzelte die Stirn. Dann erinnerte sie sich, dass sie tatsächlich Wohnwagen in der Nähe der Mülldeponie gesehen hatte und beeilte sich zu antworten:

- Ja genau, wegen der Zigeuner.

- Die sind eigentlich nicht gefährlich, stellte Le Moal mit ernster Stimme fest. Aber trotzdem, man weiß nie, bei diesen Vögeln kann man nie sicher sein. Ich werde Sie begleiten, Mademoiselle.

KAPITEL 5

Mary fuhr schnell. Neben ihr füllte Le Moal den ganzen Sitz aus. Offensichtlich war dieses kleine Auto nicht für Männer von solcher Leibesfülle gebaut. Als sie den Austin neben dem Freilufttheater geparkt hatte, hatte er Mühe, sich aus dem engen Gefährt zu befreien und war sichtlich erleichtert, als er endlich ausgestiegen war.

Die Kulisse war unverändert. Die zur Hälfte im Schlick versunkenen alten Schifferkähne hatten sich keinen Millimeter vom Fleck bewegt, und man hätte meinen können, sogar die Kormorane säßen noch an der gleichen Stelle wie am Vortag. Mit dem Brigadier im Schlepptau war Marys Angst verflogen. Der Zementfleck war noch da, aber heute wirkte er nicht mehr so bedrohlich, sondern war nur noch ein simpler Zementfleck, wie man ihn überall hätte finden können. In dem vom Regen zerfurchten Sandhaufen waren frische Schaufelspuren, hier war vor Kurzem gegraben worden. Außerdem hatten sich Reifenspuren tief in den vom Regen aufgeweichten Boden gedrückt. Mary zog ein Zentimetermaß aus der Tasche.

- Helfen Sie mir, Le Moal, halten Sie mal. Ich würde gerne den Abstand zwischen diesen Reifen messen.

- Ah? Le Moal war perplex.

- Legen Sie das Zentimetermaß in die Mitte des Reifenabdrucks. Sehen Sie, ein Meter zweiundfünfzig. Perfekt! Wir können los, Le Moal, das war's schon.

- Aha, erwiderte Le Moal gehorsam. Na, wenn das alles ist, dann los!

Mary fuhr den Wagen langsam über den von Reifenspuren zerfurchten Boden. Plötzlich hielt sie an.

- Was ist das da hinten eigentlich für eine Hütte, Le Moal?

Vom Dickicht fast verborgen überragte eine Art große Gartenlaube die Bucht. Sie war blassgrün gestrichen und von einer nur schwer zu überbietenden Hässlichkeit.

- Das ist die Hütte von Fanch Le Dantec, antwortete Le Moal. Das ist vielleicht eine Geschichte! Vor etwa 15 Jahren hat die kleine Hütte hier ganz schön für Aufsehen gesorgt!

Durch Marys neugierigen Blick zum Erzählen ermuntert fuhr er fort:

- Fanch Le Dantec war ein Arbeiter im Arsenal. Ein Roter, ein leidenschaftlicher Sozialist, Gewerkschaftsvertreter. Vor 15 Jahren hat er ohne es an die große Glocke zu hängen diese Hütte hier gebaut, natürlich ohne Baugenehmigung. Die hätte er ohnehin nicht bekommen, die Gegend steht nämlich unter Naturschutz. Deshalb hat Fanch Le Dantec das Grundstück auch so günstig kaufen können, weil man eben nicht darauf bauen darf.

Wie nicht anders zu erwarten, flatterte irgendwann die Aufforderung ins Haus, das Gebäude abzureißen. Durch seine Position im Arsenal fühlte Le Dantec sich stark und ignorierte unbeirrbar alle Anordnungen, die an ihn adressiert wurden. Die Verwaltung ließ nicht locker, aber Le Dantec lenkte den Konflikt geschickt in eine Richtung, wo er sich besonders gut auskannte: Den sozialen Klassenkampf. Im Arsenal hielt er flammende Reden, nach dem Motto: „Wenn ein Großindustrieller eine millionenschwere Villa auf das Grundstück gesetzt hätte, wäre der von der Verwaltung in Ruhe gelassen worden. Aber wenn ein einfacher Arbeiter mit seinen eigenen Händen ein Häuschen für seine alten Tage baut, dann geht es ihm an's Leder!" Seine Freunde in der Gewerkschaft zogen mit ihm mit. Sie vermuteten, dass man über Le Dantec die Gewerkschaft schwächen wollte. Sie wissen ja, wie wichtig das Arsenal für die hiesige Wirtschaft ist. Wir sagen hier, wenn das Arsenal niest, ist das ganze Land erkältet...

- Und dann?

- Die Geschichte ging bis ganz nach oben, bis zum Ministerium. Das soziale Klima war nicht besonders stabil, und Kleinigkeiten können bekanntermaßen eine große Wirkung erzielen. Sollte man es riskieren, dass wegen dieser Hütte eine ganze Region in Aufruhr geriet? Der Präfekt entschied, dass man dringend abwarten sollte.

- Man wartete also ab.

- Genau. Man wartete. Bald würde Le Dantec in den Ruhestand gehen, und man ging davon aus, dass er, auf diese Weise aus dem Verkehr gezogen, bald seine Stellung in der Gewerkschaft verlieren würde. Es wäre vielleicht eine Sache von einem Jahr gewesen... Aber so lange brauchten sie gar nicht zu warten. Denn vor drei Jahren, am 20. November, als Le Dantec mit seinem Mofa von der Arbeit nach Hause fuhr, ist er von einem LKW angefahren worden. Er war auf der Stelle tot.

- Sie haben aber ein gutes Gedächtnis, Le Moal! rief Mary aus.

- Naja, das ist nicht mein Verdienst, sagte Le Moal bescheiden. Ich erinnere mich so gut daran, weil ich an diesem Tag Dienst hatte. Der 20. November ist der Tag der Heiligen Marguerite, der Namenstag meiner Frau. Normalerweise ist es bei uns Tradition, dass wir mit der Familie darauf anstoßen, und wegen dem Unfall bin ich zu spät nach Hause gekommen.

- Dann ist Le Dantec also tot, stellte Mary fest. Und was ist mit der Hütte?

- Ich weiß nicht. Die Verwaltung ist noch nicht wieder aktiv geworden. Die Freunde von Le Dantec passen höllisch auf. Für sie ist die Hütte zu einer Art Symbol geworden...

- Ich sehe schon... also, wenn ich richtig verstehe, dann wird die Hütte hier noch für geraume Zeit stehen.

- Dafür würde ich nicht meine Hand ins Feuer legen. Es ist eine leichte Holzkonstruktion. Dazu kommt diese einsame Lage. Madame Le Dantec hat sich schon zwei oder dreimal beschwert, dass in die Hütte eingebrochen worden ist. Man hat die Tür aufgebrochen und innen alles verwüstet. Eines Tages wird ein Baum darauf fallen, und niemand wird sich darum kümmern sie zu reparieren.

Mary stoppte den Wagen neben dem Weg, der zu dem Häuschen hinauf führte und stieg aus.

- Wo wollen Sie hin, Mademoiselle? rief Le Moal erstaunt.

Mary war schon über die rustikale Holzbarriere geklettert und stieg den steilen Pfad zu der Hütte hinauf. Sie drehte sich zu Le Moal um:

- Ich gehe nur mal schnell gucken! Von da oben muss man einen tollen Blick haben.

- Ich warte hier auf Sie, rief Le Moal ihr nach, der keine große Lust auf unnötige Anstrengung verspürte.

Das kleine Häuschen lag auf etwa 10 Metern Höhe. Die Fenster waren mit Fensterläden aus dickem Holz verschlossen, die Tür war sorgfältig mit einem Sicherheitsschloss verriegelt. Um den Eingang herum war das Gras niedergetreten und der Boden von Fußabdrücken übersät. Mary sah auch kleine Löcher im Boden, wie sie zum Beispiel der Absatz eines Damenschuhs auf weichem Untergrund hinterlassen konnte. Außerdem war vor Kurzem das Schloss geschmiert worden. Das überschüssige Öl war am Holz heruntergelaufen und hatte eine fettig glänzende Spur hinterlassen.

Ansonsten gab es nichts zu sehen. Nachdem Mary noch einen

Moment die beeindruckende Aussicht bewundert hatte, kehrte sie zum Auto zurück.

- Man hat wirklich einen wundervollen Blick von dort oben, sagte sie zu Le Moal. Auch wenn das Haus ziemlich hässlich ist, im Sommer muss es dort sehr angenehm sein. Wissen Sie, ob es noch benutzt wird?

- Keine Ahnung, Le Moal zuckte mit den Schultern. Madame Le Dantec hat keinen Führerschein und ist auch nicht mehr gut zu Fuß, sie geht an zwei Krücken. Sie hat Arthrose in den Hüften oder irgend so was. Den Weg kraxelt die jedenfalls bestimmt nicht mehr hoch. Übrigens glaube ich, dass sie mittlerweile im Altersheim lebt.

Das kleine Auto nahm wieder Kurs auf Lanester.

- Wo wohnen Sie, Le Moal?

- Machen Sie sich meinetwegen keine Umstände. Lassen Sie mich einfach an der nächsten Bushaltestelle raus, Mademoiselle!

- Aber nein! Ich fahre Sie selbstverständlich nach Hause. Sie haben wegen mir genug Zeit verloren. Es sei denn, Ihre Frau ist eifersüchtig, und Sie wollen nicht mit mir zusammen gesehen werden?

Le Moal lachte:

- In der Hinsicht habe ich nichts zu befürchten!

- Ich würde Sie trotzdem gerne um einen Gefallen bitten, Le Moal. Könnten Sie unseren kleinen Ausflug bitte für sich behalten? Amédéo hat mich sowieso schon auf dem Kieker, ich würde bestimmt Ärger kriegen, wenn er davon erführe.

- Na, wenn es weiter nichts ist, Mademoiselle, ich kann schweigen. Im Übrigen bin ich seit einer Stunde nicht mehr im Dienst und kann hingehen, wo und mit wem ich will!

★

Mary setzte den beleibten Le Moal, der an dem kleinen Ausflug mit der jungen Kollegin seinen Spaß gehabt hatte, vor seinem Haus ab und lenkte ihren Austin in Richtung Altersheim.

Wie in allen Einrichtungen dieser Art herrschte dort eine bedrückende Stimmung. Man spürte den Tod, der in allen Ecken lauerte. Die langen Flure waren in einer Farbe gestrichen, die Mary an Gänsekot erinnerte, und die um die stets voll aufgedrehten Heizkörper der Zentralheizung herum bereits abzubröckeln begann. Vernachlässigt wirkende alte Frauen mit wirrem Blick trippelten die Gänge auf und ab.

Madame Le Dantec empfing Mary in ihrem Zimmer. Sie setzte sich auf das Bett, um ihrer Besucherin den einzigen Stuhl im Raum zu überlassen.

- Sie sind also von der Polizei?

- Ja, Madame Le Dantec.

- Ich hätte gedacht, Sie wären von der Sozialfürsorge. Geht es mal wieder um das Haus in Kerhervy?

- Ja. Wie haben Sie das erraten?

- Das ist ja nicht weiter schwierig, sagte die Frau mit traurigem Lächeln. Diese Baracke bringt mir nichts als Ärger.

- Ich bin nicht gekommen, um Ihnen Ärger zu machen, Madame Le Dantec, versuchte Mary sie zu beruhigen.

Madame Le Dantec verzog skeptisch das Gesicht:

- Ach nein? Warum denn dann?

Sie sah Mary misstrauisch an. Wie für viele Leute war für sie allein schon das Wort „Polizei" gleichbedeutend mit „Scherereien". Da spielte es keine Rolle, ob die Polizei von einer charmanten jungen Frau oder einem grobschlächtigen Ordnungshüter repräsentiert wurde.

- Ich wollte Sie eigentlich nur um eine Auskunft bitten.

- Ach so? Über Kerhervy?

An den Wänden hingen Kupferstiche und Fotos aus lange zurückliegenden glücklicheren Tagen. Ein schnauzbärtiger Kraftprotz schien Mary aus seinem Bilderrahmen heraus zu mustern. Auf dem Foto wirkte er mit der schräg aufgesetzten Kappe, dem Halstuch, seinen vor der Brust verschränkten Armen und dem herausforderndem Blick ohne die Spur eines Lächelns nicht gerade umgänglich. Mary vermutete, dass es sich um den eingefleischten Gewerkschafter Fanch Le Dantec handelte.

- Ist das Ihr Mann?

Mit gerunzelter Stirn war die Alte Marys Blick gefolgt. Sie nickte.

- Ja, das ist mein Mann. Und nach einer Weile fügte sie mit ihrer dünnen Stimme hinzu:

- An dem Tag als er das Grundstück gekauft hat, war es mit unserer Ruhe vorbei. Er wusste ganz genau, dass er dort nicht bauen durfte, aber er war für alle Argumente taub. Er war kein einfacher Mensch und stur wie ein Esel! Jetzt ist er tot...

Mary schaute die verwitwete Madame Le Dantec an. Sie hatte es wohl nicht immer einfach mit ihrem Mann gehabt.

- Außerdem habe ich mich dort nie so richtig wohl gefühlt, fuhr

Madame Le Dantec fort und deutete auf die beiden Krücken, die am Bettpfosten lehnten.

- Sie kennen ja das Haus, wie soll ich denn mit den Krücken den kleinen Ziegenpfad hochklettern?

Mary wies auf einen vergoldeten Rahmen auf dem Nachttisch, in dem ein Foto mit zwei kleinen Jungen zu sehen war:

- Sind das Ihre Enkel?

Die alte Dame beugte sich vor und lächelte zärtlich in Richtung des Fotos:

- Ja, Madame.

- Und gefällt es den Kindern in Kerhervy?

- Sie fahren nie hin. Meine beiden Söhne arbeiten in der Nähe von Paris.

- Aber in den Ferien sehen Sie sie doch bestimmt.

- Leider nein. Den beiden ist das Wetter in der Bretagne zu schlecht. Zu wenig Sonne. Sie fahren im Sommer immer mit dem Wohnwagen nach Spanien. Seit dem Begräbnis ihres Vaters waren sie nicht mehr hier.

In ihrer Stimme schwang eine erbärmliche Resignation mit.

- Aber nun sagen Sie schon, was ist denn los mit diesem verfluchten Haus?

- Nichts, machen Sie sich keine Sorgen, Madame Le Dantec. Mary holte das Foto von Antoine Sallabert aus ihrer Tasche.

- Kennen Sie diesen Herrn?

Madame Le Dantec hielt das Foto näher an ihre Augen und rückte ihre Hornbrille zurecht, die ihr auf die Nasenspitze gerutscht war. Aufmerksam betrachtete sie das Bild, dann richtete sie sich auf und lächelte Mary verlegen an:

- Ja, jedenfalls habe ich ihn schon einmal gesehen. Seinen Namen kenne ich allerdings nicht. Er hat mich vor ungefähr sechs Monaten hier besucht. In das Haus in Kerhervy war eingebrochen worden. Die Einbrecher hatten die Fensterläden aufgedrückt und einigen Schaden angerichtet. Es gab sogar einen Artikel darüber in der Zeitung. Ich wusste einfach nicht mehr, was ich mit dem Haus machen sollte. Ich kann mich nicht mehr alleine darum kümmern, und verkaufen kann ich es auch nicht. Dieser Monsieur hat mich gebeten, es ihm zu vermieten. Er hat versprochen, alle notwendigen Reparaturen durchzuführen und mir gesagt, dass ich mich um nichts zu kümmern bräuchte. Er hat mir

500 Francs gegeben, und ich ihm die Schlüssel. Und das war's.

- Und das war's, wiederholte Mary.

- Ja. Und am Ende jeden Monats liegt in meinem Briefkasten ein an mich adressierter Umschlag mit einem 500-Francs-Schein.

Sie griff nach Marys Handgelenk und fragte flehend:

- Sagen Sie, Madame, werde ich deswegen Probleme bekommen?

- Aber nein, beruhigte sie Mary. Warum glauben Sie das?

- Wenn die Polizei schon nach diesem Mann fahndet... was hat er denn verbrochen?

- Er ist verschwunden, Madame Le Dantec.

Damit hatte die alte Dame nicht gerechnet: Verschwunden? In Kerhervy?

- Das wissen wir noch nicht, sagte Mary. Seine Frau hat ihn gestern als vermisst gemeldet. Und jetzt hören wir uns routinemäßig ein bisschen um. Haben Sie zufällig einen Zweitschlüssel für das Haus?

- Ja, den habe ich hier.

Sie wühlte in ihrem Nachtschränkchen herum und förderte einen flachen Schlüssel zutage, den sie Mary entgegenstreckte.

- Erlauben Sie mir, dass ich mich in dem Haus umsehe?

- Natürlich.

- Vielen Dank, Madame Le Dantec. Ich werde das Haus überprüfen und Ihnen den Schlüssel so schnell wie möglich zurück bringen.

Madame Le Dantec zuckte mit ihren schmalen Schultern:

- Ich hab's nicht eilig, wissen Sie.

Mary stand auf:

- Auf Wiedersehen, Madame Le Dantec.

Die alte Dame richtete sich auf und stützte sich mit den Fäusten auf dem Bett ab, als wollte sie aufstehen. Mit der Hand bedeutete Mary ihr sitzen zu bleiben:

- Machen Sie sich keine Umstände!

Leise machte sie die Tür hinter sich zu.

★

Das kleine Haus in Kerhervy bestand nur aus einem Raum und war von innen hübscher, als man von außen vermutet hätte. Die Decke und die Wände waren mit hellem Tannenholz vertäfelt wie eine Schiffskabine. Den mit sechseckigen Kacheln aus gebranntem Ton ausgelegten Fußboden bedeckte ein großer weiß-ockerfarbener Teppich. In einer Ecke stand ein Bett, außerdem gab es eine Kochnische, einen Tisch mit einer gelben Wachstischdecke und einen Kamin mit einem großen Rauchabzug aus vernietetem Kupferblech. Daneben stand ein Kaminholzständer.

Bestimmt hatten die Freunde des Gewerkschafters bei der Innenausstattung ganze Hilfe geleistet. Schließlich waren unter den Arbeitern des Arsenals sämtliche Handwerksberufe vertreten.

Das Bett war sorgfältig gemacht, und insgesamt machte alles einen sehr sauberen Eindruck. Auf dem Tisch stand ein sechsarmiger Kerzenleuchter aus Kupfer; die Kerzen darin waren halb heruntergebrannt. Daneben lag eine Packung Streichhölzer. Neben der Spüle stand eine Autobatterie, die eine schwache Glühbirne mit Strom versorgte.

Ein echtes kleines Liebesnest, dachte Mary. Jetzt müsste man nur noch wissen, wer das kleine Häschen war, mit dem Antoine Sallabert es sich hier gemütlich gemacht hatte – das herauszufinden würde nicht einfach sein. Der Center Marché hatte sicher um die hundert weibliche Mitarbeiter, ganz zu schweigen von den Frauen, die sich dort jeden Tag um eine Stelle bewarben. Ob der Direktor hier seine Geliebte gefunden hatte? War er einer von der Sorte, die seine Machtposition ausnutzten um Frauen zu erobern? Hatte er eine feste Geliebte oder brachte er wechselnde Liebhaberinnen mit hierher?

So viele Fragen, auf die sie im Moment keine Antwort hatte.

Beim Verlassen der Hütte fiel die Tür lautlos hinter ihr zu. Die Angeln, wie auch das Türschloss, waren perfekt geölt.

Draußen war schönes Wetter, sogar ein paar Spaziergänger waren unterwegs. Diesmal hatte Mary keinerlei Unbehagen dabei verspürt, alleine nach Kerhervy zu kommen.

Gedankenverloren stieg sie in ihren Wagen und machte sich auf den Weg nach Lorient, in Richtung ihrer Statistiken!

★

Ach, sollten die Statistiken doch warten! Vor ihr auf dem Schreibtisch lag ein Blatt, auf das sie nachdenklich Punkt für Punkt eine Liste schrieb:

- Ein ertrunkener Landstreicher.

- Ein angesehener Bürger verschwunden.

- Ein gestohlener und verunglückter Lieferwagen.

- Ein Zementfleck am Ufer des Blavet.

- Eine runde Spur (von einem Fass?) in dem gestohlenen Lieferwagen.

- Reifenspuren in Kerhervy.

- Ein verstecktes Liebesnest für den angesehenen Bürger.

- Eine Brücke ohne Geländer über den Scorff.

- Ein Bunker.

Sie seufzte: Was für eine Liste! Wer sollte denn diese Punkte in einen logischen Zusammenhang bringen?

Der Landstreicher, die Eisenbahnbrücke ohne Geländer, der Bunker, die Matratze, der Küchenherd, das Fass. Das alles gehörte zusammen. Der Landstreicher wohnte unter der Brücke, von der er vermutlich heruntergefallen war. Die Matratze, der Herd, das Fass, die lagen auch im Schlick unter der Brücke. Zusammengefasst: Nichts als Müll und Dreck unter der Brücke.

Der angesehene Bürger hatte einen geheimen Zweitwohnsitz in Kerhervy.

Die Einbrecherbande hatte den Lieferwagen auf der Straße nach Kerhervy gefunden.

Der Lieferwagen hatte Zement transportiert, wie in Kerhervy, vielleicht auch ein Fass wie unter der Eisenbahnbrücke. Reifenabdrücke wie die des Lieferwagens fanden sich in der Nähe des Zementflecks in Kerhervy...

Wie man es auch drehte, man kam immer an die gleichen Orte: die Eisenbahnbrücke, Kerhervy, Kerhervy und die Eisenbahnbrücke...

Warum lag da eigentlich ein Fass unter der Eisenbahnbrücke?

Mary sprang auf und lief in den Gang. Dabei stieß sie mit Kommissar Berger zusammen, der gerade an ihrem Büro vorbeikam. Berger war Mary von Anfang an sympathisch gewesen. Er war genauso alt wie sie und einer von der neuen Sorte Polizisten, die lockerer und weniger rechthaberisch waren als manche Polizisten der älteren Generation. Hätte der Chef ihr doch lieber Berger als Mentor zugeordnet, dann wäre alles so viel einfacher!

- Na, sag bloß, Mary, brennt es irgendwo, dass du so rennst? fragte er erstaunt.

Das war so seine Art zu reden, und bei Berger nahm Mary

keinerlei Anstoß daran. Aufgeregt packte sie ihn am Ellenbogen:

- Sag mal, Berger, warum liegt da eigentlich ein Fass unter der Eisenbahnbrücke?

- Ein was? fragte Berger begriffsstutzig.

- Ein Fass, aus Metall. Man könnte auch sagen eine Tonne, wenn dir das lieber ist!

Berger lachte.

- Ist mir nicht lieber! Aber warum sollte da kein Fass unter der Eisenbahnbrücke liegen? Alles Mögliche verpackt man in Fässern, Milch, Öl, überall findet man heutzutage Fässer. Selbst hier im Kommissariat laufen ein paar Typen rum, die mich unheimlich stark an Fässer erinnern!

Mary schüttelte ihn am Arm.

- Hör auf mit deinen Witzen, ich meine das ernst!

- Ach so, du meinst das ernst, das ändert natürlich alles! sagte Berger verständnisvoll.

- In dem Fall musst du diese Frage auch einem ernsten Menschen stellen, und davon gibt es hier leider nicht so viele!

Er tat, als würde er nachdenken, das Kinn in die rechte Hand gestützt.

- Du hast Glück, ich kenne einen, gar nicht weit weg. Komm mit!

Er zog Mary hinter sich her zum Empfang, wo Le Moal wieder seine Kreuzworträtsel aufgenommen hatte.

- Das ist unser Mann! Sagen Sie mal, Le Moal, Sie wissen doch immer alles. Sagen Sie uns bitte, warum liegt da ein Fass unter der Eisenbahnbrücke?

Le Moal runzelte die Stirn, genauso verständnislos wie Berger vorher:

- Ein Fass?

- Ja genau, sagte Berger, ein Fass, ein großes Fass, ein riesiges Fass sogar!

Le Moal sah abwechselnd Mary und Berger an und lächelte:

- Herr Kommissar, wollen Sie mich auf den Arm nehmen? Was ist das für ein Blödsinn mit diesem Fass?

- Fragen Sie Mary, sie ist ganz besorgt deswegen. Sie hat ein großes Fass unter der Eisenbahnbrücke gesehen!

- In der Schiffahrtsrinne? fragte Le Moal.

- Nicht ganz, sagte Mary. Im Schlick, in der Nähe des Ufers.

- Das ist eine Ankerboje, Mademoiselle, erklärte Le Moal im Brustton der Überzeugung.

- Eine Ankerboje?

- Das ist ein Anker um die Boote festzubinden. Hier in der Gegend füllen die Leute Zement in einen Reifen oder ein leeres Fass und basteln sich so einen soliden Anker. Bei Sturmfluten und hohem Tidenhub können starke Strömungen entstehen!

Mary war von dieser einfachen Erklärung verunsichert:

- An diesem Fass ist aber kein Boot festgemacht!

- Das ist bestimmt draußen auf dem Meer, sagte Le Moal bestimmt, oder man hat es für den Winter trocken gelegt.

- Ach so, antwortete Mary kleinlaut.

Berger lachte lauthals:

- So einfach ist das also, kleine Mary! Man braucht einfach nur einen kompetenten Ansprechpartner!

- Danke für die Erleuchtung, Le Moal!

Le Moal stimmte in das Lachen mit ein. Über was für merkwürdige Dinge Frauen sich manchmal den Kopf zerbrachen!

Die nur mäßig überzeugte Mary folgte Berger, der immer wieder losprustete, den Flur entlang.

- Hör auf zu Lachen, Blödmann! schimpfte sie wütend.

Berger blieb auf der Stelle stehen und entgegnete mit gespieltem Ernst:

- Erst dumme Fragen, nun Beleidigungen! Mademoiselle, ich erlaube Ihnen nicht, ...

Mary packte ihn am Kragen und schüttelte ihn:

- Berger...

Er äffte Amédéo nach:

- Was ist denn noch, mein Kleines?

Ungeduldig stampfte sie mit dem Fuß auf:

- Wenn Du endlich fertig bist, Berger, dann hör zu: Ich werde dieses Fass ans Ufer ziehen!

- Wenn es weiter nichts ist, sagte Berger. Was ist schon dabei?

- Wie stelle ich das am Besten an?

Berger grinste versonnen.

- Man müsste vielleicht ein dickes Seil nehmen, mit einem großen Haken. Den müsstest du als Köder vielleicht in Öl tauchen... und dann lässt du das Ganze neben dem Fass ins Wasser, vielleicht beißt es ja an!

Wütend trat Mary ihm gegen das Schienbein:

- Idiot!

- Aua! rief Berger und sprang auf einem Bein herum. Nachdem er ausgiebig gelitten hatte, wurde er einen Moment lang ernst:

- Was hat dir dieses Fass eigentlich getan?

- Ich weiß nicht, entgegnete Mary, Es ist verdächtig!

Berger nickte gewichtig: Du hast ein verdächtiges Fass gefunden!

- Ja! sagte Mary bestimmt.

- Na super, prustete Berger erneut los, ein verdächtiges Fass! Du weißt aber schon, dass die Polizeiarbeit in der Regel mehr im Fassen von Verdächtigen als aus dem Verdächtigen von Fässern besteht, nicht wahr?

Er lachte schallend vor Freude über seinen Wortwitz.

Mary zuckte wütend mit den Schultern:

- Berger, um Himmels Willen! Hör auf, dich über mich lustig zu machen! Die Sache ist ernst!

- Nein, Mary, die Sache ist überhaupt nicht ernst, sagte Berger wie zu einem Kind. Du hast es doch gehört, es gibt hunderte von Fässern im Fluss. Was soll denn daran verdächtig sein?

- Habe ich dir nicht gesagt, dass das Fass direkt unter der Brücke liegt?

- Allerdings hast du das. Mindestens dreimal. Was ist dein Problem damit?

- Am Ufer steht ein riesiges Schild. Und weißt du, was auf diesem Schild steht, in roten und schwarzen Buchstaben, auf weißem Grund, du Dickschädel?

- Selber Dickschädel! Nein, ich weiß nicht was in roter und schwarzer Schrift auf dem weißen Schild steht, und glaub mir, es interessiert mich auch nicht die Bohne!

- Das habe ich schon gemerkt, dass dich das alles einen Dreck interessiert! Mary hatte Tränen in den Augen. Ihr Männer, ihr seid doch alle gleich. Warum bittet man euch eigentlich um Hilfe, man wird ja doch nicht ernst genommen!

Berger merkte, dass er den Bogen überspannt hatte, und weil er Mary mochte, schlug er einen versöhnlichen Ton an:

- Also, nun sag schon, was steht auf diesem Schild?

Mary zog die Nase hoch:

- Da steht: „Achtung Hochspannungsleitung! Ankern im

Brückenbereich verboten. Mindestabstand 7 Meter."

- Ich verstehe nicht...

- Meinst du, irgendjemand würde an dieser Stelle sein Boot festmachen, in einem verbotenen Bereich, und dann noch direkt gegenüber vom Arsenal? Was glaubst du, was passiert, wenn da direkt unter der Brücke ein Boot seinen Anker setzt? Dann dauert es nicht lange, bis die Küstenwache es entfernt.

- Okay, vielleicht hast du recht. Berger war wenig überzeugt. Aber ich verstehe nicht, was uns das angehen soll. Du solltest mit Amédéo darüber sprechen, immerhin ist er dein Mentor, oder nicht?

Zornig kehrte Mary in ihr Büro zurück. Mit Amédéo darüber sprechen! Berger hatte gut reden. Amédéo wäre der letzte, mit dem sie darüber sprechen würde. Sie müsste versuchen, das Fass aus dem Fluss herauszuholen. Aber wie? Und dieser Lieferwagen, war der nun in der Nacht von Montag auf Dienstag in Kerhervy gewesen oder nicht?

KAPITEL 6

Mary war die Straße nach Kerhervy nun schon einige Male auf- und abgefahren. In der Nähe der Hauptstraße wurde gerade eine Wohnsiedlung gebaut. Weiter im Landesinneren lag ein einsamer Bauernhof. Die am dichtesten bei Kerhervy gelegene menschliche Behausung war der Lagerplatz einer Gruppe Zigeuner.

Vier Wohnwagen standen auf einem matschigen und mit Abfall überfrachteten Gelände. Von einem kleinen Lagerfeuer stieg beißender Rauch auf. Eine an einen Holzpflock angebundene Zwergziege meckerte kläglich, und an einer zwischen den Wagen gespannten Leine hingen einige Wäschestücke, die nur mit viel gutem Willen als sauber bezeichnet werden konnten.

Eine trübsinnige Kulisse. Merkwürdigerweise wirkten die Wohnwagen neu und die parkenden Autos waren allesamt teure Mercedes.

Mary stellte ihren Wagen ab und stieg aus. Ein zotteliger Hund kroch ängstlich unter einem der Wohnwagen hervor und setzte zu einem jämmerlichen Geheul an, bereit, sich beim kleinsten Anzeichen von Gefahr wieder zwischen den Rädern zu verstecken.

Ein Vorhang wurde beiseite geschoben und eine Tür öffnete sich.

- Was ist los?

Zwei dunkle Augen blickten Mary feindselig an. Die junge Frau wirkte schmutzig und ein Schwall abgestandener und muffiger Luft wich mit ihr aus der Tür. Sie hatte einen Säugling auf dem Arm und ein Kleinkind mit laufender Nase versteckte sich hinter ihrem langen Rock.

- Ich habe eine Frage an Sie, sagte Mary.

- Eine Frage? wiederholte die Frau misstrauisch.

- Sind Sie schon lange hier?

- Warum? Ist es verboten, hier zu parken? Es steht nirgendwo ein Schild!

Genau, dachte Mary, das Schild habt Ihr doch als erstes herausgerissen, als Ihr hier angekommen seid. Sie merkte, dass das Gespräch nicht einfach werden würde.

Die Augen der Frau wurden noch dunkler, als sie fortfuhr:

- Jaja, ich weiß, Sie haben uns einen ganz neuen Lagerplatz an der

Schnellstraße gebaut. Sind Sie von der Stadtverwaltung?

Und ohne eine Antwort abzuwarten fuhr sie fort:

- Wissen Sie was, Sie können denen im Rathaus sagen, die können uns mal mit ihrem Lagerplatz. Unsere Leute stehen schon immer hier, und wir haben keine Lust, unser Lager woanders aufzuschlagen. Auf eurem Platz kommt man sich vor wie im Gefängnis, mit dem hohen Zaun rings herum, und bei dem Lärm an der Schnellstraße bekommt man nachts kein Auge zu.

- Hier fahren aber auch Autos vorbei, wandte Mary ein.

- Ja, aber nur ab und zu! An der Schnellstraße hört es Tag und Nacht nicht auf! Und dann diese LKWs, die an dem Verkehrskreisel erst runter- und dann wieder heraufschalten, das ist vielleicht ein Lärm!

- Können Sie mir sagen, ob Sie in der Nacht von Montag auf Dienstag Autos gehört haben, die an Ihrem Platz vorbeigefahren sind? fragte Mary.

- Warum wollen Sie das wissen? entgegnete die Frau.

- Ich arbeite für eine Versicherungsgesellschaft, entgegnete Mary geistesgegenwärtig. Ich wüsste gerne, ob hier in der Nacht von Montag auf Dienstag ein Lieferwagen auf dieser Straße unterwegs war.

- Und warum sollte ich Ihnen das sagen?

- Zum Beispiel, um eine Belohnung zu kassieren?

- Eine Belohnung? Die Frau kniff die Augenbrauen zusammen.

- Oh, natürlich nur eine kleine Belohnung. Für eine kleine Auskunft.

Da die Frau darauf nichts erwiderte, zog Mary einen zweihundert Francs-Schein aus der Tasche und hielt ihn ihr hin.

- Also?

Mit einer Mischung aus Gier und Misstrauen beäugte die Frau den Schein und fragte sich wohl, wo der Haken an der Sache war. Als sie antwortete, schwang fast so etwas wie Bedauern in ihrer Stimme mit:

- Jeden Montag zwischen fünf und sechs Uhr abends kommt hier ein Lieferwagen vorbei. Ein Lieferwagen von diesem Riesen-Supermarkt, das Logo steht drauf. Wir haben uns schon gefragt, was der hier will, wo hier doch niemand wohnt.

- Bleibt er lange?

- Er fährt immer so gegen acht Uhr weg.

- Und letzten Montag? fragte Mary gespannt.

- Letzten Montag ist er gegen Mitternacht noch einmal wiedergekommen.

- Sind Sie sich sicher?

- Ganz sicher. So sicher wie ich Sie jetzt sehe. Der Kleine bekommt Zähne, ich bin nachts ständig wach.

Die Wörter sprudelten plötzlich zwischen ihren schmalen Lippen hervor, mit einem Akzent, der schwierig zu verstehen war. Ihre schwarzen Augen starrten gebannt auf den Geldschein, den Mary fest umklammert hielt.

- Dann haben Sie den Lieferwagen also gegen Mitternacht zurückkommen sehen.

- Wenn ich's Ihnen doch sage, rief die Frau ungeduldig. Man hört die Autos schon von weitem die Küste heraufkommen, lange bevor sie hier vorbeifahren. Automatisch habe ich den Vorhang zur Seite geschoben, und da habe ich den Lieferwagen gesehen.

- Ist er danach in Richtung Lanester zurückgefahren?

- Ja.

- Sagen Sie mal, Madame, wenn der Lieferwagen immer so gegen achtzehn Uhr hier ankam, da kam nicht zufällig noch gleichzeitig ein anderer Wagen hier vorbei?

- Doch, ein Peugeot 205 Cabrio.

- Aha... Und die sind dann auch immer gleichzeitig wieder weggefahren?

- Ja, da war kaum Zeit dazwischen.

- Und ist ihnen das nicht komisch vorgekommen?

Die Frau zuckte mit den Schultern und rückte dabei das Baby auf ihrer Schulter zurecht. Das andere Kind hing ihr noch immer am Rocksaum und lutschte hingebungsvoll an seinen schnotterigen Fingern.

- Pah, das wird ein Liebespaar gewesen sein, die im Wald ihr Stelldichein hatten. Im Sommer wimmelt es hier davon, aber zu dieser Jahreszeit muss man es schon ganz schön nötig haben.

- Und sind die beiden an diesem Abend wieder gleichzeitig weggefahren?

- Nein. Das weiße Cabrio ist wie immer gegen acht Uhr vorbeigekommen.

- Und wann ist der Lieferwagen weggefahren?

- Nicht viel später, vielleicht eine halbe Stunde. Ich weiß nicht genau.

- Haben Sie sich nicht gewundert, dass er später noch einmal zurückgekommen ist? fragte Mary.

- Das ist mir doch egal! Soll doch jeder machen, was er will!

- Um wieviel Uhr haben Sie ihn danach wieder zurückfahren sehen?

- Gegen halb drei. Ich habe ihn übrigens nicht gesehen, sondern nur gehört. Ich habe ihn aber am Motorengeräusch erkannt, wie er sich den Berg hochgequält hat, als wäre er schwer beladen.

Mary streckte der Frau den Geldschein entgegen, die ihn ihr förmlich aus der Hand riss und ihn ohne ein Wort des Dankes in ihrer Tasche verschwinden ließ.

- Vielen Dank, Madame, verabschiedete sich Mary höflich.

Die Zigeunerin sah Mary hinterher, wie sie zu ihrem Wagen zurückging. Ihr Misstrauen war nicht um ein Deut gewichen; niemals würde sie diese Bürokraten verstehen, die Geld dafür ausgaben, um sich in die Angelegenheiten fremder Leute zu mischen.

Mary stieg in ihren Austin und fuhr eilig zurück nach Lanester. Himmel, dieser Ausflug hatte sie zweihundert Francs gekostet, aber immerhin schien sich die Investition gelohnt zu haben!

★

Zurück im Büro ging Amédéo direkt zum Angriff über:

- So, Lester, ich habe gehört, Sie haben es sich zur Aufgabe gemacht, sämtliche leere Fässer aus dem Scorff und dem Blavet zu fischen? Da hätten Sie nicht der Polizei, sondern dem Naturschutzbund beitreten müssen! Nun reißen Sie sich mal zusammen, Lester! Ich habe ja nichts gegen Scherze, aber was zu viel ist, ist zu viel! Wissen Sie, dass das ganze Kommissariat sich wegen Ihrer neuen Schnapsidee vor Lachen die Hosen vollpinkelt?

Mary funkelte ihn böse an. Zu gerne hätte sie ihm Widerworte gegeben, doch sie hielt sich zurück.

Amédéo wurde bei ihrem Anblick nur noch wütender:

- Sie brauchen mich gar nicht so anzusehen, Sie wissen ganz genau, dass ich Recht habe. Um Himmels Willen, was bringen die euch eigentlich an der Polizeischule bei? Morgen sind Sie zum Dienst in Lanester eingeteilt, ist das klar?

- Ja, Monsieur, seufzte Mary. Lanester! Schon wieder nach Lanester! Den ganzen Tag mit dem Hintern am Stuhl festgenagelt die Beschwerden irgendwelcher spießigen Provinzler entgegennehmen, denen man drei Kohlköpfe aus dem Garten geklaut hatte, was für ein Job!

★

Die Tür der Polizeistation in Lanester war eine vollkommen normale Tür mit einem einfachen Schild: Bitte klingeln und eintreten.

Aimable Maugracieux klingelte, trat ein und blieb beim Anblick von Mary abrupt stehen.

- Ach... Sie sind's! rief er überrascht.

- Ja, ich bin's, entgegnete Mary. Guten Tag, Monsieur Maugracieux.

- Sind Sie... haben Sie... stammelte Aimable verunsichert.

- Ich bin die diensthabende Kommissarin, wenn Sie das meinen, Herr Maugracieux. Was kann ich für Sie tun?

- Mein Boot ist gestohlen worden, informierte sie Aimable entrüstet.

- Aha, und wo ist das passiert?

- In der Nähe des Holzparks, da, wo ich... also, da wo...

- Da, wo Sie den Leichnam von Maurice Toussaint gefunden haben?

- Ja, genau da!

- War es festgebunden?

- Und wie! Mit einer galvanisierten Kette, zwei Leinen am Bug mit Achterschlingen und einem Vorhängeschloss aus Messing gesichert. Als ich heute Morgen hinkam...

- Um Bigorneaux zu sammeln? fragte Mary schelmisch.

- Nein danke, für mich bitte keine Bigorneaux mehr, antwortete Aimable und verzog angeekelt das Gesicht. Nein, ich wollte nachsehen, ob mit dem Boot nach der großen Flut noch alles in Ordnung war. Da sehe ich, das Boot ist weg! Man hat es mir gestohlen!

- Ist die Ankerboje noch da?

- Natürlich! Die bewegt sich nicht so leicht von der Stelle! Ich verwende einen mit Zement gefüllten Autoreifen, der wiegt mindestens hundert Kilo! Ich sag's Ihnen, das Boot wurde gestohlen! Die Kette ist mit einem Bolzenschneider durchtrennt worden!

- Sind Sie sicher?

- Natürlich, gucken Sie! Ich habe das Kettenglied gefunden!

Er legte ein fein säuberlich durchgeschnittenes Kettenglied vor Mary auf den Tisch.

- Haben Sie flussaufwärts und flussabwärts gesucht?

- Ich bin bis zur Eisenbahnbrücke gelaufen, und danach bin ich zurück und auf der anderen Seite bis zum Pont St. Christophe, aber ich habe das Boot nicht gefunden. Das ist auch normal, es kann weit weg sein! Wenn es bei Einsetzen der Flut losgemacht worden ist, dann wird es ungefähr bis Pont-Scorff gekommen sein, im umgekehrten Fall wird es wohl nach Larmor oder Port-Louis getrieben sein. Oh, là, là! Wir leben in einem Land voller Diebe!

Mary nahm einen Bogen Papier zur Hand.

- Beschreiben Sie mir bitte Ihr Boot, Monsieur Maugracieux.

- Es ist schwarz, mit einem roten Streifen. Vier Meter sechzig lang. Es heißt Angèle. Ein Flachboot.

- Hatte es einen Motor?

- Nein, den Motor nehme ich jedes Mal mit nach Hause. Es hat einen Außenbordmotor.

Mary machte sich Notizen und sprach dabei laut mit:

- Ein kleines Boot, ohne Motor, schwarz und rot...

Maugracieux wurde leicht ärgerlich:

- Klein... klein... so klein nun auch wieder nicht! Jedenfalls groß genug, um damit Dorsche zu fischen. Und selbst wenn es keine Luxusyacht ist, ist das immer noch kein Grund es mir zu stehlen.

Die Kommissarin schaute von ihrem Papier auf und sagte streng:

- Das hat auch niemand behauptet!

- Nein, das haben Sie nicht behauptet, aber der alte Maugracieux ist ja nicht auf den Kopf gefallen! Er hat schon verstanden! Ihnen ist mein Boot doch scheißegal. Weil es nur ein einfaches kleines Boot ist, keine Millionen wert. Scheißegal ist es Ihnen! Wie sowieso allen alles egal ist in diesem beschissenen Land! Sie tun so, als würden Sie sich alles aufschreiben, aber wenn ich gleich aus der Tür raus bin, dann wandert dieser Zettel in den Müll!

Langsam wurde Mary ungeduldig und ihr Tonfall wurde streng:

- Also wirklich, Monsieur Maugracieux, das ist doch nicht Ihr Ernst!

- Das ist ja der Gipfel! rief Maugracieux und hob theatralisch die Hände zum Himmel. Erst bestiehlt man mich und jetzt werde ich zusätzlich auch noch beleidigt! Ja, das fehlte wohl noch!

Belustigt beobachtete Mary, wie Maugracieux sich in seine Empörung hineinsteigerte.

- Nun mal langsam, Monsieur Maugracieux, wer beleidigt Sie denn hier?

- Na, haben Sie mir nicht eben zu verstehen gegeben, mir fehle der nötige Ernst? Oder habe ich mich da verhört? Vielleicht wollen Sie mir auch noch vorwerfen, ich sei taub, ich hätte Halluzinationen oder ich sei betrunken? Gerade mir soll der nötige Ernst fehlen, das ist doch die Höhe! Sie sollten aufpassen, was Sie sagen!

Mary traute ihren Augen und Ohren kaum. Sie sah Maugracieux unverwandt an und war sich nicht sicher, ob sie in Gelächter ausbrechen, oder ihn anschreien sollte.

Maugracieux beugte sich über den Schreibtisch:

- Ich sage Ihnen mal was, junges Fräulein, Kommissarin hin oder her: Wenn ich in diesem Land etwas zu sagen hätte, dann würde allen Dieben beim ersten Mal die rechte Hand abgehackt und beim zweiten Mal die Linke.

Mary blieb unbeeindruckt.

- Ihre Idee ist nicht schlecht, Monsieur. Ich bin sogar davon überzeugt, dass durch diese Maßnahme die Zahl von Dieben, die ein drittes Mal rückfällig werden, erheblich eingeschränkt würde!

- Ah, triumphierte Maugracieux, bin ich also doch nicht so dumm, was?

- Eine dermaßen einfache, effiziente und kostengünstige Maßnahme, entgegnete sie und hatte Mühe, einen Lachanfall zu unterdrücken. Es wundert mich, dass nicht schon viel früher jemand darauf gekommen ist!

- Oh, es ist nicht so, dass niemand auf die Idee gekommen wäre! rief Maugracieux aus. Aber ich sage Ihnen noch etwas: Nichts für Ungut, aber unsere Regierung besteht aus einem Haufen von Weicheiern! Abgeordnete, Senatoren, Minister und Konsorten, alles faule Säcke, machen es sich gemütlich auf ihrem schönen Posten, aber wenn es darum geht Verantwortung zu übernehmen, dann will es niemand machen! Tja, und so werden ungehindert Fahrräder und Boote gestohlen, Schlösser aufgebrochen, ...

Mary unterbrach seine Aufzählung von Straftaten:

- Sagen Sie, lassen Sie eigentlich die Ruder an Bord?

- Natürlich, meinen Sie, ich schleppe die jedes Mal hin und zurück?

Sie stand auf.

- Gut, ich werde das Verschwinden des Bootes an die Kollegen weitergeben. Halten Sie bitte auch Ausschau am Strand, ob es nicht irgendwo angetrieben worden ist.

- Ist das nicht traurig, jammerte Maugracieux, alles wird einem genommen! Und dann wird man noch alleine auf die Suche nach seinem gestohlenen Eigentum geschickt! Ein Jammer, in was für einem Land wir leben! Mit einem knappen Gruß verabschiedete er sich von Mary und verließ vor sich hin schimpfend das Kommissariat.

Mary schmunzelte. Der arme Maugracieux hatte aber auch kein Glück! An einem Tag findet er eine Leiche, am nächsten stiehlt man ihm sein Boot. Am Ende würde er womöglich ins Landesinnere ziehen, um den Unannehmlichkeiten des Lebens an der Küste zu entfliehen!

KAPITEL 7

Die Tür ging auf und herein kam ein circa 60-jähriger Herr im dunklen Anzug, der am Jackettkragen das rote Abzeichen der Ehrenlegion trug.

Mary schrak zusammen und sprang auf:

- Herr Direktor!

- Guten Tag, Mademoiselle Lester, habe ich Sie erschreckt?

Kriminaldirektor Lebret war eine außergewöhnliche Erscheinung bei der Polizei: Immer wie frisch aus dem Ei gepellt, immer elegant, immer höflich, nie trivial. Seine Untergebenen brachten ihm mehr als bloßen Respekt entgegen.

- Aber nein, stammelte sie. Ich war in Gedanken. Und ich habe auch nicht damit gerechnet, Sie hier zu sehen!

- Waren Sie in Gedanken bei Ihren Fässern?

Mary wurde rot.

- Haben Ihnen das die Kollegen erzählt?

Der Direktor lachte milde, und sagte vorwurfsvoll:

- Ich werde doch wohl wissen, was in meinem Hause vorgeht, Fräulein Kommissarin. Und, was ist hier heute Morgen so los?

- Ein paar Kleinigkeiten, antwortete Mary und nahm den Ordner mit den laufenden Vorgängen zur Hand.

- Ein paar freche Bengel haben Madame Adrienne Thibaut mit Steinen die Fensterscheiben eingeworfen. Monsieur Martin Anselme sind am helllichten Tag zwei Kaninchen aus dem Stall gestohlen worden, als dieser gerade seinen Mittagsschlaf hielt, und dann ist noch das Boot von Monsieur Aimable Maugracieux verschwunden.

Der Kommissar setzte sich und seufzte:

- Nichts Spannendes, was, Lester?

Er lächelte sie an, und Mary lächelte zurück.

- Das kann man wohl sagen, Herr Direktor.

- Sie sind enttäuscht, nicht wahr?

Mary zuckte mit den Schultern.

- Ein bisschen.

Der Kriminaldirektor streckte seine Beine aus und zog sorgfältig die Falten seiner Hose glatt.

- Ach, Mary Lester, Sie sind ungeduldig... Ich werde Ihnen eine Geschichte erzählen: Im Jahr 1944 habe ich meinen Militärdienst angetreten. Damals war ich 16 Jahre alt. Ich träumte von Soldatenehre, von Fallschirmsprüngen hinter die Linien des Feindes, mich drängte es, in den Kampf zu ziehen... Wissen Sie, womit ich meine Zeit bis zur Befreiung verbracht habe?

- Nein, Monsieur.

- Ich habe von morgens bis abends in der schäbigen Küche einer heruntergekommenen Kantine Kartoffeln geschält. So viele Kartoffeln habe ich geschält, dass mir beim Anblick einer einfachen Pommes Frites sogar heute noch übel wird.

- Und dann, Monsieur?

- Nach der Befreiung bin ich aus dem Militärdienst entlassen worden und in die Schule zurückgekehrt. Ich habe Rechtswissenschaften studiert und bin dann zur Polizei gegangen, wie Sie. Und auch ich habe mich dort hocharbeiten müssen. Genau wie Sie habe ich in irgendwelchen Hinterzimmern von entlegenen Polizeistationen, die wesentlich ungemütlicher waren als dieses Büro hier, ganze Hefte mit belanglosen Bagatellen vollgeschrieben. Zerstörte Briefkästen, „ausgeborgte" Mofas, gestohlene Autoradios, verschwundene Kaninchen, ...

Er lächelte.

- Sie fragen sich, warum ich Ihnen das alles erzähle? Das ist nur, um Ihnen verständlich zu machen, dass jeder mal klein anfangen muss, Lester. Wie mein Großvater, der mit einem Segelschiff der Marine das Cap Horn umsegelt hat, bereits zu sagen pflegte: Man kann nicht Kapitän werden, ohne vorher Matrose gewesen zu sein. Alles zu seiner Zeit, Lester, und Sie werden sehen, Ihre Zeit wird schneller kommen als sie denken!

Er erhob sich.

- Ich habe genauso angefangen wie Sie, in einer kleinen Polizeidienststelle in Roubaix. Es kommt mir vor wie gestern, und dabei werde ich in zwei Monaten pensioniert! Die Zeit vergeht schnell, Lester, viel zu schnell!

So, und nun kommen Sie, wollen wir uns Ihr komisches Fass mal anschauen.

- Und wenn Monsieur Amédéo nach mir fragt?

Der Direktor lächelte erneut.

Monsieur Amédéo wird nicht nach Ihnen fragen. Der liegt mit einer starken Erkältung im Bett.

Eine starke Erkältung, die er sich ganz plötzlich zugezogen hat.

★

Gemächlich steuerte der Kriminaldirektor seinen grauen Peugeot 405 am Holzpark vorbei. Der Privatwagen von Monsieur Lebret war, genau wie er selbst, makellos und gepflegt. Das Meer hatte sich zurückgezogen und nur ein dünnes Rinnsal zog sich durch den Schlick, in dem sich das fahle Sonnenlicht widerspiegelte.

- Wo ist denn nun dieses sagenhafte Fass? fragte der Direktor.

- Da hinten, unter der Brücke, sagte Mary und deutete auf die metallene Struktur, die den Blick auf den Horizont versperrte.

Nach kurzer Fahrt blieb das Auto stehen. Die Luft roch nach Ebbe, und aus Richtung des nahe gelegenen Arsenals drangen die Geräusche des Hämmerns auf Metall über die mit Stacheldraht gesicherte Mauer. In der Ferne tutete drei Mal ein Schlepper.

Der Kommissar ging ein paar Schritte über das vergilbte Gras am Rande der Fahrbahn und besah sich die Brücke, an der die Arbeiten immer noch nicht abgeschlossen waren. Anschließend betrachtete er den darunter liegenden Kanal, wo einige Möwen mit durchdringenden Schreien um ihre Beute stritten.

- Aber, da ist ja ein Boot an Ihrem Fass festgemacht, Lester!

- Ah, entgegnete Mary verunsichert, das war gestern noch nicht da!

- Ich glaube, Sie bilden sich etwas ein, mein Kleines.

Jetzt fängt er auch schon an, mich „mein Kleines" zu nennen, dachte Mary bitter.

Der Kriminaldirektor fuhr fort:

- Gestern war es nicht hier, heute schon. Die Boote kommen und gehen...

- Aber, das ist ja die Angèle! rief Mary verwundert aus.

- Angèle? wiederholte Lebret und sah sie verständnislos an.

- Aber ja! rief Mary mit neuem Eifer, die Angèle! Das Boot, das Aimable Maugracieux als gestohlen gemeldet hat! Er hat heute Morgen Anzeige erstattet! Komisch, dass er es nicht gesehen hat, es liegt doch genau unter der Brücke, dreihundert Meter von seinem Ankerplatz entfernt... und dabei hat er mir noch gesagt, er sei bis zur Brücke gegangen...

Fragend blickte sie ihren Vorgesetzten an, der ihr amüsiert zuhörte.

- Aber natürlich, jetzt verstehe ich! Heute Morgen war ja Flut!

- Selbstverständlich war heute Morgen Flut, sagte der Kriminaldirektor ironisch, immerhin ist jetzt Ebbe.

- Also, setzte Mary ihre Überlegungen fort, konnte Maugracieux das Boot nicht sehen, weil es unter Wasser war!

Lebret runzelte die Stirn:

Wieso unter Wasser? Hören Sie, Lester, ich habe wirklich Schwierigkeiten Ihnen zu folgen!

Mary drehte sich zu ihm um als hätte sie ihn nicht gehört.

- Chef, wir müssen unbedingt dieses Fass herausfischen!

Lebret schüttelte den Kopf wie ein Erwachsener, der vergeblich versucht ein Kind zur Vernunft zu bringen:

- Aber warum, Lester, warum?

- Weil jemand versucht hat es wegzuschaffen, Chef. Ihre Stimme hatte einen bestimmten Tonfall angenommen, sie musste ihren Gegenüber einfach davon überzeugen, dass sie Recht hatte!

- Irgendjemand hat dieses Fass hier ins Wasser geworfen, wer weiß, was darin ist. Bestimmt hat er mich hier herumschleichen sehen. Wahrscheinlich hat er es mit der Angst zu tun bekommen, weil er auf jeden Fall verhindern muss, dass das Fass wieder herausgefischt wird. Also kommt ihm die große Flut gerade recht. Er stiehlt das nächstbeste Boot, rudert bei einsetzender Flut damit zum Fass und bindet es mit einer kurzen Leine an. Nun muss er nur warten, bis die steigende Flut das Boot und damit auch das Fass anhebt. Dann braucht er sich nur noch mit dem Boot stromabwärts treiben lassen, bis er weit genug weg ist. In der Mitte des Kanals, da wo immer Wasser ist, kann er dann die Leine kappen, mit der das Fass befestigt ist. So wäre das Fass verschwunden und Mary Lester stünde als Idiotin da. Allerdings...

- Allerdings, beendete der Direktor, der mittlerweile verstanden hatte, ihren Satz, war das Fass zu schwer. Das Boot hat es nicht tragen können und ist unter Wasser gezogen worden!

- Genau, Chef! Verstehen Sie nun, warum wir dieses Fass auf jeden Fall rausfischen müssen?

KAPITEL 8

- Sie haben Glück, dass der Brandmeister der Feuerwehr von Lorient ein Freund von mir ist, seufzte Kriminaldirektor Lebret. Er saß hinter dem kleinen Empfangstresen der Polizeistation von Lanester, hob den Telefonhörer ab und wählte eine Nummer, wobei er erneut einen Seufzer ausstieß:

- Ja, hallo, bin ich richtig bei der Feuerwehr? Verbinden Sie mich doch bitte mit Hauptmann Laurent. Kriminaldirektor Lebret am Apparat.

Er bedeckte die Sprechmuschel mit der Hand und fuhr an Mary, die ihm gegenüber saß, gewandt fort:

- denn wenn er nicht mein Freund wäre, dann hätte ich Dutzende von Formularen ausfüllen müssen und hätte...

Was er sonst noch hätte tun müssen, sollte Mary nicht erfahren, denn er unterbrach sich und rief in den Hörer:

- Hallo Laurent, sind Sie's? Ja, hier Lebret... Warum ich anrufe? Na, um Sie um einen Gefallen zu bitten, wie immer, alter Freund. Nein, nichts Ernstes... Reine Routine, eine Kommissarin von mir hat ein verdächtiges Fass unter der Eisenbahnbrücke gefunden... Sprengkörper? Nein, sicher nicht, aber wir ermitteln in einem heiklen Vermisstenfall und es ist möglich, dass das Fass interessant für unsere Ermittlungen sein könnte. Ich betone *könnte*, wir sind uns nicht sicher, aber wir können keine Spur außer Acht lassen... Genau, ich würde Sie gern bitten, das Fass möglichst diskret herauszufischen. Können Sie das? Heute Nachmittag? Wunderbar! Ich schicke Ihnen meine Kommissarin sofort vorbei. Vielen Dank, Laurent!

Er legte auf.

- So, junges Fräulein. Ich hoffe, Sie sind zufrieden. Sie fahren jetzt zur Feuerwehrkaserne und fragen nach Hauptmann Laurent. Der wird alles Weitere zum Bergen Ihres Fasses in die Wege leiten.

- Danke, Chef! rief Mary hocherfreut aus. Sie eilte sofort in Richtung Tür, doch Lebret hielt sie zurück:

- Lester, Sie rufen mich an, sobald das Fass aus dem Fluss herausgeholt wurde. Sagen Sie den Feuerwehrmännern, dass sie es in einer ihrer Garagen abladen sollen und nichts unternehmen, bevor ich da bin. Und vor allem: Diskretion bewahren! Kein Wort zur Presse, bevor wir wissen, was es mit dem Fass auf sich hat.

Mary war sich sicher, dass der Kriminaldirektor Angst hatte sich lächerlich zu machen, aber es war ihr egal. Das Fass würde herausgefischt und untersucht werden, was wollte sie mehr!

Ihre Ankunft bei der Feuerwehrkaserne blieb nicht unbemerkt. Man hatte zwar eine Kommissarin angekündigt, aber offensichtlich hatte niemand mit einer so jungen Frau gerechnet. Trotzdem lächelte Mary strahlend in die Runde, sie liebte diese Feuerwehrleute, die dieses verdammte Fass für sie aus dem Wasser holen würden und war bereit, ihnen alle anzüglichen Blicke und Bemerkungen zu verzeihen.

Sie fragte sich, wie sie es wohl anstellen würden, das Fass zu bergen. Der Einsatzleiter, ein großer Blonder mit blauen Augen, lächelte über ihre besorgte Frage: Das Fass herausfischen? Das ist ein Kinderspiel! Geduldig erklärte er Mary das Vorgehen:

Zunächst würden sie ein stabiles Netz auf dem Schlick auslegen. Dass Fass würde auf das Netz gerollt und darin eingewickelt. Anschließend würde an dem Netz eine Boje festgemacht. Nun müsste man nur noch die Boje mit Druckluft aus einer der Gasflaschen füllen, die dort hinten im Schlauchboot lagen und dann würden sie warten, dass die Flut einsetzte. Quasi ein Kinderspiel...

Der beschriebene Plan war zügig in die Tat umgesetzt worden. Nun begann das lange Warten. Mary kam die Zeit unendlich vor, aber die Flut würde ihren Höhepunkt erst um 18 Uhr erreichen, vorher war nichts zu machen. Die Feuerwehrleute warteten rauchend in ihrem Fahrzeug. Ab und zu spuckte das Funkgerät eine Information oder einen Aufruf aus. Mary saß in ihrem kleinen Auto und hörte das Requiem von Mozart. Der Einsatzleiter hatte ihr gesagt, sie könne sich ruhig entfernen und irgendwo eine Kleinigkeit essen gehen, aber da war nichts zu machen. Sie blieb hier. Um nichts in der Welt würde sie dieses Fass aus den Augen lassen.

Ab und zu stieg sie aus dem Wagen und fragte nach Neuigkeiten. Einige Passanten waren wegen des Feuerwehrwagens am Flussufer neugierig geworden. Der große Blonde erklärte ihnen, dass es sich um eine Übung handelte, bei der neue Geräte zur Bergung von Wracks getestet würden. Die Passanten nickten, zufrieden mit dieser Erklärung, und zogen ihres Weges.

Endlich erreichten die Wellen die Räder des Anhängers, auf dem der Zodiac lag. Das Schlauchboot glitt ins Wasser, der große Außenbordmotor wurde angeworfen und das Boot nahm Kurs auf die dicke rote Boje. Hier wurde das Boot vertäut. Die fünfundfünfzig PS erzeugten ein wütendes Gebrüll und bliesen eine bläuliche Rauchwolke auf die Wasseroberfläche. Das Schlauchboot bäumte sich auf und bewegte sich dann langsam auf das Ufer zu. Plötzlich hörte man einen Schlag und das Boot kam zum Stillstand. Es war noch weit vom Ufer entfernt.

- Was machen die denn, um Himmels Willen? fragte Mary voller Ungeduld.

- Das Wasser ist noch nicht tief genug, antwortete der große Blonde und zog seelenruhig an seiner Zigarette. Wir müssen noch etwas warten.

- Warten, warten, warten! Das machen wir doch schon die ganze Zeit!

- Regen Sie sich nicht auf, Mademoiselle, sagte der Feuerwehrmann gelassen, wir können sowieso nichts anderes machen. Ihr Fass schwimmt Ihnen schon nicht weg, es ist fest verankert!

Mary zuckte mit den Schultern. Schlaumeier, sie wusste selber, dass das Fass nicht wegschwimmen würde! Natürlich, dem Feuerwehrmann war es doch egal! Ihm wurde aufgetragen, ein Fass aus dem Flussbett zu holen, er holte es raus! Das machte er übrigens gut, nichts zu sagen. Aber ihm war es auch egal, was sich in dem Fass befand. Wenn es nur voll Zement war, so wie alle dachten, konnte ihm das nicht im Grunde egal sein? Aber ihr hingegen... Sie wagte nicht einmal daran zu denken. Einerseits hatte sie Angst davor, dass das Fass nichts außer Zement enthalten könnte, andererseits hatte sie auch Angst vor dem, was sie möglicherweise darin finden könnten.

Wenn nichts drin wäre, dann würde der Spott nicht auf sich warten lassen. Dann könnte sie sofort ihre Versetzung beantragen. Sie war sich sogar sicher, dass Amédéo dafür sorgen würde, dass man auch an ihrer nächsten Stelle von dieser Geschichte erfuhr.

Wenn es allerdings das enthielte, was sie befürchtete, dann würde das kein schöner Anblick werden.

Der Feuerwehrmann kam zu ihr zurück:

- Übrigens, was glauben Sie eigentlich, was Sie in dem Fass finden werden? Drogen, Schmuck, Falschgeld? fragte er schelmisch.

- Eine Leiche, erwiderte Mary schroff.

- Weiter nichts? fragte er ironisch.

- Weiter nichts! sagte sie.

Der Feuerwehrmann wurde ernst:

- Nein, jetzt mal im Ernst. Wirklich eine Leiche?

Mary lächelte ihn an. Er war sympathisch, und natürlich konnte er nicht verstehen, was für sie auf dem Spiel stand. Etwas freundlicher sagte sie:

- Was denken Sie denn? Meinen Sie, ich mache das zum Spaß?

- Nein, so was aber auch! stieß der Feuerwehrmann aus.

Mittlerweile war die Flut auf ihrem Höhepunkt angelangt, das Wasser reichte fast bis zur Straße. Der Zodiac legte am Ufer an. Die Feuerwehrmänner sprangen an Land und machten das Boot an der Leitplanke fest.

Das Wetter war mild und windstill. Auf der glatten Wasseroberfläche spiegelte sich der hellgraue Himmel. In der Ferne sah man einen Schlepper der Marine ein kleines Schiff über das Wasser ziehen.

Mit vereinten Kräften zogen die Feuerwehrleute an dem Seil, und das in dem Netz gefangene Fass tauchte an der Oberfläche auf.

- Louis, mach das mal an der Anhängerkupplung fest, hörte sie den großen Blonden sagen. Bevor wir uns hier kaputt machen ziehen wir das Fass mit dem Wagen raus.

Schon heulte der Motor auf und der Peugeot zog die Last ans Ufer.

- Alles klar, rief Louis dem Blonden zu, der am Steuer saß. Dédé, hol' die Holzbohlen raus.

Der Dédé genannte, ein kleiner stämmiger Mann mit einem Körper wie ein bretonischer Schrank, öffnete die Heckklappe des Feuerwehrwagens und holte zwei Baumstämme aus Tannenholz hervor, aus denen er eine Rampe baute. Dann entfernte er das Netz von dem Fass.

- Los geht's, Leute! rief er den anderen Männern zu.

Mit vereinten Kräften rollten sie das Fass über die Holzbohlen.

- Und hoch! Mit einer letzten gemeinsamen Anstrengung hievten die Männer das Fass in das Innere des Wagens.

- Bravo, lobte Mary bewundernd. Ich hatte befürchtet, Sie würden das niemals schaffen. Das Fass muss ganz schön schwer sein!

- Bestimmt an die dreihundert Kilo, sagte der große Blonde nachdenklich. Dédé, ich hoffe, du hast es gut festgemacht! Nicht, dass es nachher im Wagen herumrollt!

- Keine Sorge, das bleibt wo es ist, antwortete Dédé. Außerdem, warum machst du so einen Stress, wir haben es doch nicht eilig!

- Ich warte in der Kaserne auf Sie, sagte Mary. Ich muss noch meinen Chef anrufen. Ich möchte Sie noch einmal daran erinnern, dass alles äußerst diskret ablaufen soll.

- Kein Problem, entgegnete der große Blonde. Wir stellen das Fass in einem Schuppen ab und warten auf Ihren Chef. Bis nachher!

Mary setzte sich hinter das Steuer ihres Austins, und schon brauste der Wagen in der Abenddämmerung davon.

★

Sie wartete im Hof der Feuerwehrkaserne. Die Dunkelheit war bereits hereingebrochen, ein Teil des Hofes wurde von einer Laterne beschienen. Im Hauptgebäude waren einige Fenster erleuchtet und man hörte leise ein Radio plärren. Im Erdgeschoss saß im Empfangsbüro der diensthabende Wachmann und Mary stellte sich vor, dass er gerade gähnend sein Kreuzwortätsel löste.

Die Feuerwehrmänner hatten das Fass in einem Geräteschuppen abgeladen und waren dann weggefahren, um den Zodiac in eine etwas entfernt liegende andere Garage zu bringen.

Vor Ungeduld und Angst war Mary ganz flau im Magen. Nervös ging sie im Hof auf und ab. Der Kriminaldirektor hatte gesagt, er wäre sofort da. Sicher war er unterwegs aufgehalten worden.

Mary zuckte jedes Mal zusammen, wenn das Licht von Scheinwerfern die Toreinfahrt erhellte. Endlich bog ein Auto in die Einfahrt ein. Es war der graue Peugeot des Kriminaldirektors.

Mary stürmte auf ihn zu und rief, noch bevor Lebret überhaupt ausgestiegen war:

- Wir haben es, Chef!

Der Kriminaldirektor musste über so viel Ungeduld schmunzeln:

- Aber, aber, Lester, bleiben Sie ruhig. Das Fass wird uns schon nicht davonlaufen!

Trotz seines Lächelns war die Anspannung ihres Vorgesetzten deutlich spürbar. Als sie auf den Schuppen zugingen beobachtete Mary ihn von der Seite und fand, dass er die gleichen harten Gesichtszüge hatte wie die typischen Polizisten und Verbrecher im Kino.

Durch das grelle Neonlicht im Schuppen wurde dieser Eindruck noch verstärkt.

Das Fass lag am Boden, auf die Seite gekippt. Wasser war in zwei kleinen Rinnsalen auf den Zement geflossen.

- Das ist es also, sagte Lebret, mehr zu sich selbst

Er ging zwei Schritte auf das Fass zu und besah es sich von allen Seiten. Er versuchte vergeblich, es ein Stück vorwärts zu rollen, richtete sich auf und zog eine Grimasse: Zu schwer. Er sah Mary lange an, die seinem Blick standhielt, ohne ein Wort zu sagen. In dem Schuppen roch es nach Schmieröl und Benzin.

An einer Wand stand eine Werkbank mit einem Schraubstock und einer Leiste, an der sorgfältig diverse Werkzeuge aufgehängt waren. An einer anderen Wand befanden sich Regale mit Kettensägen, Bohrmaschinen und diversen anderen Maschinen und Geräten.

Ob es an dem Fass lag? Mary fühlte sich seltsam, ein bisschen wie in der Kirche. Es kam ihr vor, als wäre es ungehörig, hier mit lauter Stimme zu sprechen.

Endlich ging die Tür auf und ein circa fünfzigjähriger Mann kam herein, den man Mary als Hauptmann Laurent vorstellte.

Er teilte nicht Marys Skrupel und sprach in ganz normaler Lautstärke. Mit einem Fuß stieß er gegen das Fass:

- Das ist also die Wundertüte?

- Gewissermaßen, entgegnete Lebret knapp. Können Sie sie öffnen?

Der Hauptmann besah sich das Fass genauer. Es war in blauer Farbe gestrichen, und in großen weißen Buchstaben war das Wort „Motul" darauf zu lesen, wohl die Marke des Öls, welches sich einmal darin befunden hatte.

- Das dürfte kein Problem sein, sagte er und richtete sich auf.

Er wandte sich dem großen Blonden zu, der die Bergung geleitet hatte:

- François, hol mal einen Hammer und einen Meißel...

François war bereits auf dem Weg hinaus, da rief Laurent noch hinter ihm her:

- Bring auch noch einen Vorschlaghammer mit!

An Mary und den Kriminaldirektor Lebret gewandt erklärte er:

- Wir zerschneiden zunächst das Blech mithilfe des Meißels, anschließend brechen wir den Zement mit dem Vorschlaghammer auf. Das dürfte nicht allzu schwierig sein, denn zum Einen sieht der Zement noch recht frisch aus, und zum Anderen ist der Sand nicht sehr gleichmäßig mit dem Zement vermischt worden.

- Außerdem, fügte Mary hinzu, ist der Zement mit Meerwasser angerührt worden.

- Warum meinen Sie das? fragte Laurent.

- Wenn die Arbeit dort ausgeführt wurde, wo ich es glaube, dann gibt es keine andere Möglichkeit.

Perplex schaute Laurent den Kriminaldirektor an, der allerdings keine Mine verzog. Er zuckte mit den Schultern wie jemand, der es aufgibt etwas verstehen zu wollen.

- Es scheint, dass wir es hier mit einem ungewöhnlichen Handwerker zu tun haben, was?

- Und mit was für einem Handwerker, echote Mary. Ihr war schlecht. Wenn sie ehrlich war, wäre sie in diesem Moment gerne weit weg gewesen. Hoffentlich würde sie nicht gleich umkippen... Andererseits hatte sie es ja so gewollt... Lebret sah sie fragend an ohne etwas zu sagen. Der große Blonde war mit dem Werkzeug zurückgekommen. Mit ganzer Kraft begann er das Fass zu bearbeiten. Mit präzisen Schlägen zerschnitt er gekonnt das Metall. In dem mit Faserzementplatten gedeckten Schuppen hallten die Schläge unheimlich wider.

Lebret rauchte mit unbewegter Mine, die Arme hinter dem Rücken verschränkt. Mary stand mit verschränkten Armen neben ihm, während Hauptmann Laurent seinem Untergebenen zur Hand ging. Die ganze Szene wurde von einer staubigen Glühbirne, die zu hoch oben aufgehängt war, spärlich beleuchtet.

Nachdem sie das Fass der Länge nach aufgeschnitten hatten, bogen die Feuerwehrleute das Blech vorsichtig auseinander, wobei sie aufpassen mussten, sich an dem scharfkantigen Metall nicht zu verletzen.

Wasser floss heraus und vergrößerte die Pfütze am Boden des Schuppens, und ein kleiner Krebs krabbelte hervor und suchte in einer schattigen Ecke Zuflucht. Mary fragte sich, wie der wohl in das Fass gekommen war.

- Das war Teil eins, sagte Laurent. Nun geht es dem Zementblock an den Kragen. François, gib mir den Vorschlaghammer.

Er schlug ein, dann zweimal zu und begutachtete dann das Ergebnis.

- Sehen Sie, er ist der Länge nach gespalten, sagte er. François, mach mal mit Hammer und Meißel weiter.

Der große Blonde trieb den Meißel mit dem Hammer in den Spalt.

- Okay, hör' auf, ich mache mit dem Vorschlaghammer weiter, sagte Laurent.

Er hob den Vorschlaghammer in die Höhe und ließ ihn mit einem lauten „Ha!" auf den Meißel heruntersausen. Ein weiterer Schlag war nicht nötig: Der Zementblock brach entzwei wie eine Walnuss und gab den Blick auf sein hässliches Inneres frei. Ein unbeschreiblicher Gestank breitete sich in dem Schuppen aus. Hauptmann Laurent ließ den Vorschlaghammer fallen und wich zurück, die Hand vor die Nase gepresst. Kriminaldirektor Lebret beugte sich vor, das von einer schützenden Rauchwolke eingehüllte Gesicht zu einer angewiderten Grimasse verzerrt. Mary drehte sich um und übergab sich.

Sie hatten Antoine Sallabert gefunden.

- Kommen Sie, Lester! Der Kriminaldirektor führte Mary am Ellenbogen aus dem Schuppen. Dies ist kein schöner Anblick für ein junges Mädchen.

Zusammen gingen sie ein paar Schritte in den Hof und sogen gierig die feuchte Abendluft ein. Man hörte Hauptmann Laurent im Geräteschuppen Anweisungen geben:

- François, du holst dir einen Mann zur Verstärkung. Legt den Leichnam frei und packt ihn in einen Plastiksack. Bringt ihn dann ins Leichenschauhaus. Und ich muss nicht extra sagen, dass ihr mit äußerster Diskretion vorgehen müsst! Zu niemandem ein Wort!

Er trat heraus zu den beiden Polizeibeamten:

- Na sagen Sie mal, das ist mir ja eine schöne Wundertüte! Und Sie sind also für diese Entdeckung verantwortlich, Mademoiselle?

Mary nickte und lächelte schwach.

- Bringen Sie den Leichnam direkt ins Leichenschauhaus? fragte Lebret.

- Ja, antwortete Hauptmann Laurent. Wir müssen ihn nur noch einpacken...

- Sagen Sie bitte, Laurent, und verzeihen Sie mir die Frage. Sind Sie sich sicher, dass Ihre Männer den Mund halten werden?

Laurent lächelte:

- Seien Sie unbesorgt, Herr Kriminaldirektor. Wenn es irgendwo ein Informations-Leck geben sollte, dann ganz bestimmt nicht bei uns.

Kommen Sie, gehen wir in mein Büro und genehmigen uns einen Schluck. Nach diesem Abend haben wir uns das redlich verdient!

KAPITEL 9

- Geht es besser mit Ihrer Erkältung, Amédéo?

- Ein bisschen, Chef, schniefte Amédéo. Was für ein Dreckswetter! Da ist eine Grippe sozusagen vorprogrammiert!

Ich habe Sie trotz Ihrer Erkrankung kommen lassen, weil ich den Eindruck habe, dass es zwischen Ihnen und Mary Lester nicht zum Allerbesten steht.

Kriminaldirektor Lebret saß in dem Sessel hinter seinem imposanten Teakholzschreibtisch und trommelte gedankenverloren mit den Fingern auf die flaschengrüne Schreibunterlage.

Vor dem Schreibtisch saßen sich Mary Lester und Marc Amédéo wie zwei Porzellanhunde auf ihren Stühlen gegenüber und sahen sich unverwandt an.

Amédéo putzte sich die Nase, räusperte sich und hub zu einer Erklärung an:

- Mademoiselle Lester hat eine äußerst blühende Phantasie und ...

- Monsieur Amédéo hat überhaupt keine Vorstellungskraft, unterbrach ihn Mary, die von ihrer Mutter schon früh gelernt hatte, dass Angriff die beste Verteidigung war.

- und einen Hang zur Respektlosigkeit, fuhr Amédéo fort und warf ihr einen verächtlichen Blick zu.

- Vielleicht ist es mein Fehler, sagte Lebret müde. Amédéo, Sie haben eine lange Berufserfahrung und sind ein guter Hauptkommissar, aber vielleicht fehlt Ihnen einfach die Kompetenz zur Betreuung von Kommissaranwärtern.

Amédéo machte eine wegwerfende Handbewegung, mit der er zeigte, dass er auf so neumodisches Zeug wie Pädagogik, Didaktik und Psychologie sowieso nicht viel gab.

- Jedenfalls, fuhr Lebret fort, hat sich Mademoiselle Lester, oder besser gesagt Kommissaranwärterin Lester darüber beschwert, dass...

Er wurde von Amédéo unterbrochen:

- Ich weiß, Herr Kriminaldirektor. Mademoiselle Lester wirft mir vor, dass ich ihr eine Ermittlung übertragen und dann wieder entzogen habe. Das stimmt, ich bekenne mich schuldig! Aber in Anbetracht ihrer seltsamen Methoden und abwegigen Theorien hätte ich einen noch größeren Fehler begangen, wenn ich sie hätte weitermachen lassen. Mademoiselle Lester sollte lieber Kriminalromane schreiben, für die tägliche Polizeiarbeit ist sie nicht gemacht!

- Wissen Sie, Amédéo, entgegnete Kommissar Lebret, es ist wahr, dass eine junge Anwärterin von einem alten Hasen wie Ihnen eine Menge lernen kann. Aber vergessen Sie auch nicht, dass die Jungen gerade frisch aus der Polizeischule kommen, dass die Methoden sich weiterentwickelt haben und dass Sie auch umgekehrt etwas von den Jungen lernen können.

Wieder machte Amédéo eine Handbewegung, aus der deutlich abzulesen war, was er darüber dachte, was er nach Lebrets Meinung von diesen jungen Besserwissern lernen könnte: Grob zusammengefasst, dass er sich einen Dreck darum scherte.

Mary Lester sah ihn angewidert an. Er hielt ihrem Blick stand und verzog spöttisch den Mund, wie um zu sagen: „Du kannst dich beschweren, bei wem du willst, das geht mir sonstwo vorbei! In zwei Monaten geht der alte Wichtigtuer in Rente, aber wer auch immer Lebrets Nachfolger sein wird: Sein Vertrauen wird er erfahrenen Kollegen wie mir schenken, und nicht irgendeiner kleinen Anwärterin!"

- Herr Kriminaldirektor, sagte Mary und wandte sich zu Lebret. Gestern haben Sie mir eine kleine Geschichte erzählt. Heute würde ich Ihnen gerne auch eine Geschichte erzählen. Sie ist ein bisschen länger, aber dafür auch nicht uninteressant.

Das Quietschen des Stuhls verriet ihr, dass Amédéo im Begriff war aufzustehen. Ohne den Kopf umzuwenden sagte sie:

- Ich hätte gern, dass Monsieur Amédéo meine Geschichte auch hört.

Amédéo hob entnervt seine Hände zum Protest, aber da Lebret ihm ein Zeichen gab, sich wieder hinzusetzen zuckte er ergeben mit den Schultern.

- Am 16. November, begann Mary und sah vor sich auf den Scheibtisch, es ist ein Montag, gegen 17 Uhr 30, verlässt der Direktor des Supermarkts „Center Marché" in Lanester sein Haus, um im Wald von Kerhervy Brennholz zu machen. Das sagt er jedenfalls seiner Frau. Es stimmt zwar, dass Antoine Sallabert nach Kerhervy fährt, allerdings nicht um Brennholz zu sammeln, wie er seiner Frau weismacht, sondern um sich dort mit einer anderen Frau zu treffen. Es ist nämlich so, dass dieser vorbildliche Familienvater von der Witwe Le Dantec ein kleines Häuschen gemietet hat, das oben am Blavet liegt. Dieses Häuschen hat er sich als Liebesnest gemütlich hergerichtet...

- Was ist das denn jetzt schon wieder für ein Schwachsinn? knurrte Amédéo und machte Anstalten aufzustehen.

- Bleiben Sie sitzen, Amédéo, sagte Lebret streng. Lassen Sie Lester zu Ende erzählen!

Widerwillig und vor sich hin grummelnd nahm Amédéo wieder Platz. Demonstrativ schlug er seine Beine übereinander und faltete die Hände über dem hochgezogenen Knie. Sein Schmollmund sprach Bände über die Unglaublichkeiten, die man heutzutage in der Polizeiarbeit über sich ergehen lassen musste.

- Der Ehemann dieser anderen Frau, also von Monsieur Sallaberts Liebhaberin, fuhr Mary fort, hat den Verdacht, dass seine Frau ihn betrügt, denn - das werden wir später noch sehen - Treue zählt nicht gerade zu den Stärken dieser Dame. Er folgt ihr also heimlich und sieht, wie sie ihr Auto am Ufer neben einem cremefarbenen Lieferwagen Marke Renault Trafic parkt. Die Tür fällt hinter den beiden ins Schloss und das Turtelpärchen glaubt sich allein auf der Welt. Draußen allerdings hält der betrogene Ehemann Wache. Und zwar lange, ein, zwei, vielleicht drei Stunden. Endlich geht die Tür wieder auf. Die Frau kommt heraus, steigt in ihr Auto und fährt davon. Der betrogene Ehemann hat sich unterdessen nicht von der Stelle bewegt. Mit seiner Frau würde er zu Hause abrechnen können. Aber der andere, der Liebhaber, der würde schon noch sehen, worauf er sich eingelassen hat...

Amédéo wand sich auf seinem Stuhl und wollte sich erneut erheben. Der Kriminaldirektor aber lauschte aufmerksam Marys Bericht und zischte ihn an:

- Psst! Jetzt wird's interessant!

Mary erzählte weiter:

- Antoine Sallabert ist ein ordentlicher Mensch. Er bleibt zurück und erledigt den Haushalt. Ich weiß das, weil ich das Haus von innen gesehen habe. Alles ist makellos sauber und aufgeräumt: Das Bett gemacht, der Tisch abgewischt, der Teppich gefegt, das Geschirr gespült und weggeräumt. Nachdem er seine Hausarbeit erledigt hat, sperrt er das Haus hinter sich zu und steigt den Weg hinunter. Er zieht den Schlüssel zu seinem Lieferwagen aus der Tasche, und genau in diesem Moment wird er von dem betrogenen Ehemann angegriffen.

Dessen Mut wird durch die Tatsache, dass Antoine Sallabert sehr klein - noch nicht mal ein Meter sechzig groß - und dünn, fast schmächtig ist, noch angefacht. Allerdings weiß der betrogene Ehemann nicht, dass Antoine Sallabert den schwarzen Gürtel im Judo hat, den dritten Dan[5], um genau zu sein. Das ist Pech. Antoine Sallabert war sogar einmal Mitglied der Nationalmannschaft der französischen Armee gewesen. Der Ehemann weiß nicht wie ihm geschieht, so schnell findet er sich auf seinen vier Buchstaben wieder. Außer sich vor Zorn geht er zu einem neuen Angriff über, nur um erneut durch die Luft zu wirbeln und schmerzhaft auf dem harten Boden aufzuschlagen. Wie oft er das über sich ergehen lassen muss? Keine Ahnung. Auf jeden Fall bekommt er es mit der Angst zu tun. Er ist hier, um dem Konkurrenten eine Abreibung zu erteilen, und nun bekommt er selber auf die Mütze! Von der eigenen Ehefrau betrogen zu werden ist schon schlimm, aber dann noch vom Rivalen zusammengeschlagen zu werden, das ist zu viel! Der Ehemann ist bewaffnet. Er zieht seinen Revolver und feuert zwei Schüsse ab. Dagegen kann der Judoka nichts ausrichten. Jetzt steht unser betrogener Ehemann da und weiß nicht, wohin mit der Leiche. In Chicago werfen die Gangster ihre mit Gewichten beschwerten Opfer in den Michigansee. Der Ehemann würde es ihnen gleich tun. Auf dem Weg nach Kerhervy war er an einer Baustelle vorbeigekommen. Mit dem Lieferwagen fährt er dorthin und nimmt ein großes leeres Fass mit, in welchem die Bauarbeiter Regenwasser aufgefangen haben, um damit Mörtel anzurühren. Außerdem stielt er ein oder zwei Säcke schnell trocknenden Zement und eine Schaufel. So ausgerüstet kehrt er nach Kerhervy zurück, verfrachtet Antoine Sallaberts Leiche in das Fass und begibt sich nach unten zum Freilufttheater, weil er weiß, dass er dort Sand finden wird. Hinter dem Palisadenzaun des Theaters ist er außerdem vor Blicken geschützt und kann in Ruhe den Zement anmischen und in das Fass füllen. Nach einer oder zwei Stunden dieser für ihn sehr ungewohnten Arbeit ist er fertig und die Leiche ist verpackt für die Ewigkeit.

- Man meint fast, man wäre dabei, krächzte Amédéo. Verstehen Sie mich jetzt, Chef, wenn ich Ihnen sage, sie könnte Kriminalromane schreiben?

Mary war mittlerweile in ihrem Element. Ohne auf Amédéos

[5] Dan = Meistergrad im Kampfsport

Unterbrechung zu achten fuhr sie fort:

- Allerdings gibt es noch ein Problem: Was soll er mit diesem tonnenschweren Sarg machen? Ihn direkt hier in Kerhervy ins Wasser werfen? Das scheint ihm zu unvorsichtig, hier ist zuviel los. Vor allem im Sommer kommen Familien mit ihren Kindern her, die versuchen könnten, den Zementblock aufzubrechen. Wenn er ihn wenigstens hinter die alten Schiffswracks bringen könnte! Aber das kam nicht in Frage, das Fass war viel zu schwer. Eine Möglichkeit wäre es allerdings, das Fass von der Eisenbahnbrücke aus direkt in die Mitte des Flusses zu werfen. Durch einen glücklichen Zufall ist dort momentan kein Geländer, und wegen Bauarbeiten ist die Brücke gesperrt.

Amédéo brachte nun kein Wort mehr heraus, er sah Mary nur erschrocken und hasserfüllt an.

- Es ist Mitternacht, fuhr sie fort, vielleicht ein Uhr morgens. Es ist nebelig und es fällt ein leichter, beständiger Sprühregen. Die Leute haben sich in ihren Häusern eingeigelt. Das ideale Wetter für unseren betrogenen Ehemann und seine Pläne. Er entfernt die Absperrungen der Baustelle und fährt rückwärts mit dem Lieferwagen des Supermarkts die Rampe zur Brücke hinauf. Oben schiebt er das Fass von der Ladefläche herunter auf den Boden. Der Beton ist in der Zwischenzeit ausgehärtet, nun muss er nur noch das Fass auf die Mitte der Brücke rollen und es an der tiefsten Stelle des Kanals ins Wasser schubsen. Das wäre so auf der Höhe des zweiten Pfeilers, wo es ständig vom Wasser bedeckt wäre. Leider hört er, als er beim ersten Pfeiler angelangt ist, Schritte über die Brücke auf ihn zu kommen. Es kommt jemand! Den Mann ergreift die Panik und er schmeißt seinen improvisierten Sarg über Bord. Übereifrig, unser betrogener Ehemann! Wer da über die Brücke kommt ist nur ein ehrlicher Landstreicher, Maurice Toussaint. Er kommt aus Lorient zurück und pfeift dabei auf das Verbot, die Brücke zu überqueren. Allerdings macht so ein dreihundert Kilo schweres Fass, das aus zwanzig Meter Höhe ins Wasser fällt, einen gehörigen Lärm. Maurice Toussaint will nachsehen, was da los ist und unterschreibt damit sein Todesurteil. Ausnahmsweise ist Maurice Toussaint heute Abend nicht betrunken. Er hat den betrogenen Ehemann gesehen, und ihn auch erkannt, denn der Mann ist für ihn kein Fremder. Er nähert sich also ohne Misstrauen. Eine unangenehme Situation für den Ehemann, zumal der Landstreicher kein Blatt vor den Mund nimmt. Morgen würde ganz

Lanester wissen, dass in der Nacht etwas sehr Schweres von der Brücke gefallen ist, und dass er selbst genau in diesem Moment auf der Eisenbahnbrücke unterwegs war. Dieses Risiko kann der Ehemann nicht eingehen. Zur Antwort schlägt er dem Landstreicher mit der Faust ins Gesicht, der daraufhin sein Gleichgewicht verliert und in die Tiefe stürzt.

Der Zeuge ist beseitigt. Nun muss der betrogene Ehemann nach Kerhervy zurückfahren und sein Auto holen. Es wäre ihm allerdings nicht recht, wenn man den Lieferwagen dort finden würde. Auf dem Parkplatz des Restaurants du Bonhomme hingegen stehen eigentlich immer parkende Autos. Also stellt er den Lieferwagen dort ab und lässt die Zündschlüssel stecken, in der Hoffnung, der Wagen könnte gestohlen und die Spuren dadurch noch stärker verwischt werden.

Der erhoffte Fall tritt auch ein: Ein paar Kleinkriminelle stehlen das Fahrzeug. Im Laderaum finden sie eine Kettensäge. Einer von ihnen hat den Einfall, damit einen Einbruch zu begehen. Sie versuchen, die Haustür eines Ferienhauses aufzusägen, aber die Nachbarn rufen die Polizei. Die Gauner verschwinden rechtzeitig, nur Francis Le Gwen flieht am Steuer des Lieferwagens. Er hat Pech: Bei der Verfolgungsjagd mit der Polizei verfehlt er eine Kurve, landet in einer Mauer und wird festgenommen.

- Chef, darf ich eine Frage stellen? fragte Amédéo gereizt.

- Selbstverständlich, antwortete Lebret.

Amédéo drehte sich zu Mary um und fragte überheblich:

- Und Sie waren die ganze Zeit dabei, Lester, oder ist Ihre Geschichte frei erfunden?

- Weder noch, Monsieur Amédéo.

- Also hat der heilige Geist Sie erleuchtet, spöttelte er.

- Nein, Monsieur Amédéo, sagte Mary ernst wie eine Priesterin, der heilige Geist hat damit nichts zu tun. Ich habe die Fakten analysiert und dann eins und eins zusammengerechnet. Meine Rückschlüsse gezogen, wenn Sie so wollen.

- Sie haben Rückschlüsse gezogen! mokierte sich Amédéo. Na, das müssen Sie uns genauer erzählen, das muss ja unglaublich spannend sein!

- Spannender als Sie denken, Monsieur Amédéo. Ich hatte, als Sie mich in der Autowerkstatt überrascht haben, auf der Ladefläche des Lieferwagens einen kreisrunden Abdruck bemerkt, der von einem schweren Gegenstand herrühren musste. Der Abdruck hatte einen Durchmesser von 58 Zentimetern. Was ist schwer, zylindrisch und hat einen Durchmesser von 58 Zentimetern?

- Was weiß denn ich, grummelte Amédéo.

- Natürlich wissen Sie das. Ein Ölfass, ein Ölfass aus Metall, wie man es in jeder Werkstatt finden kann.

- Es gibt mit Sicherheit noch andere Gegenstände mit einem Durchmesser von 58 Zentimetern, wandte Amédéo gereizt ein.

- Gut möglich, gab Mary zu. Allerdings fällt mir momentan nichts anderes ein, und wenn Sie mir diesbezüglich weiterhelfen möchten, bin ich selbstverständlich offen für andere Hypothesen.

Amédéo blieb stumm.

- Ihnen fällt nichts ein? Sehen Sie, mir auch nicht. Also bleibe ich erstmal bei meiner Theorie mit dem Ölfass. Dann sehe ich im Freilufttheater von Kerhervy einen frischen Zementfleck...

- Na und, sagte Amédéo, soweit ich weiß wird dort renoviert!

- Ich sagte, ein frischer Zementfleck. Die Bauarbeiten, von denen Sie sprechen, wurden im Frühjahr durchgeführt. Ich finde also die gleichen Zementflecken in dem Lieferwagen und im Freilufttheater und, ganz in der Nähe des Theaters, Reifenspuren, die sich tief in den Schlamm eingegraben haben. Die Spuren eines Lieferwagens der Marke Renault Trafic.

- Renault, echote Amédéo, warum nicht Peugeot oder Citroën?

- Weil der Reifenabstand bei einem Renault Trafic 1,52 Meter beträgt, bei einem Peugeot J5 und bei einem Citroën C35 hingegen 1,65 Meter, Monsieur Amédéo.

- Was für ein Fachwissen, brachte Amédéo zwischen den Zähnen hervor, man meint ja, man wäre auf einer Automobilmesse.

- Diese Auskünfte habe ich telefonisch von den entsprechenden Fachhändlern eingeholt, sagte Mary. Diese Leute geben gerne jederzeit Auskunft. Ich kann Ihnen sogar sagen, dass der Reifenabstand bei Mercedes 1,61 Meter beträgt, beim Ford Transit 1,68 Meter und beim Fiat...

- Das reicht, Fräulein Naseweis! rief Amédéo. Jetzt fehlt nur noch, dass Sie uns den Namen dieses mysteriösen Verbrechers liefern.

- Wollen Sie das wirklich wissen, Monsieur Amédéo?

- Und wie! Ich bin gespannt, was für Geschichten Sie in Ihrem Delirium noch erfinden wollen!

- Ich erfinde überhaupt nichts! Der Täter sind Sie selber, Monsieur Amédéo!

Amédéos Blick wanderte vom Kriminaldirektor zu Mary.

- Was sind das denn für unglaubliche Unterstellungen? japste er.

- Das sind keine Unterstellungen, Monsieur Amédéo, sondern ordnungsgemäße Beschuldigungen. Ich, Mary Lester, Kommissaranwärterin, beschuldige Sie hiermit des Mordes an Antoine Sallabert und Maurice Toussaint.

Sämtliche Farbe wich aus Marc Amédéos Gesicht. Dann stieg Wut in ihm auf. Seine Hände umklammerten die Stuhlkante, als ob er sich festhalten musste, um nicht gleich in die Luft zu gehen.

- Das ist zu viel, schrie er mit vor Empörung erstickter Stimme. Herr Kriminaldirektor... Chef...

Lebret hatte in seinem Sessel dem Gespräch mit halb geschlossenen Augen gefolgt, wie ein dicker Kater. Er hob beschwichtigend die Hand:

- Fahren Sie fort, Lester.

Also sprach Mary weiter:

- Ich begann Ihr Verhalten verdächtig zu finden, als Sie wegen meines Besuchs in der Autowerkstatt so einen Wutanfall bekommen haben, für den ich einfach keine Erklärung finden konnte. Meine Untersuchung des Wagens war unnötig und überflüssig? Mag sein, aber das hätten Sie mir auch freundlich sagen können. Schließlich habe ich ja keinen Schaden angerichtet. Ich habe die Blasen an Ihren Händen gesehen. Sie haben keine Arbeiterhände, Sie sind mehr der Typ für Pferdewetten als für's Heimwerken. Diese Blasen hätten sehr gut vom Zementanrühren stammen können.

Dann habe ich mich mit einer Zeugin unterhalten: Jeden Montag fuhr gegen 18 Uhr ein Lieferwagen des Center Marchés nach Kerhervy, und das seit mindestens einem Monat. Diesem Lieferwagen folgte in einigem Abstand ein Peugeot 205 Cabrio, der von einer Frau gefahren wurde. Gegen 20 Uhr fuhren beide Fahrzeuge zurück. Meine Zeugin vermutet zu Recht, dass es sich bei den beiden um ein Liebespaar handelte, das sich gemeinsam im Wald vergnügte. Allerdings muss man schon hart gesotten sein, wenn man sich im November im Wald ein Stelldichein gibt. Mir schien es wahrscheinlicher, dass das Pärchen irgendwo einen Unterschlupf hatte. Der einzige Ort, der dafür in Frage kam, ist eine kleine Hütte auf dem Hügel mit Blick auf das Meer, das der Witwe Madame Le Dantec gehört. Und genau diese Hütte hat

Monsieur Sallabert heimlich von ihr gemietet. Er hat ihr zwar seinen Namen nicht genannt, aber ich habe ihr ein Foto gezeigt, auf dem sie ihn eindeutig identifizieren konnte. Also haben wir da zum einen den Lieferwagen des Center Marché, zum anderen die Aussage von Madame Le Dantec. Es besteht also kein Zweifel, dass es sich bei dem Mann um Antoine Sallabert handelt, oder haben Sie einen Einwand, Monsieur Amédéo?

Amédéo verdrehte die Augen:

- Was für ein Unsinn!

Mary ging nicht auf seine Bemerkung ein:

- Nun muss nur noch die Frau mit dem Cabrio identifiziert werden. Meines Wissens besitzt Madame Amédéo einen weißen Peugeot 205. Der betrogene Ehemann, das sind Sie, Monsieur Amédéo, schlussfolgerte Mary unbarmherzig.

Amédéo stand auf und sein Blick wurde hart:

- Jetzt reicht es aber, mein Kleines! Jetzt gehen Sie wirklich zu weit! Chef, ich muss mir derartige Unterstellungen von dieser Schwätzerin wirklich nicht weiter anhören! Ich bitte Sie um die Erlaubnis, mich zurückziehen zu dürfen. Ich werde meinen Anwalt kontaktieren und behalte mir rechtliche Schritte gegen diese Lügen, Halbwahrheiten und Verunglimpfungen vor... Meine Frau besitzt einen weißen Peugeot 205 Cabrio? Das stimmt, aber da ist sie nicht die Einzige in der Region. Hat sich Ihre tolle Zeugin das Autokennzeichen des Wagens notiert?

- Nein, Monsieur Amédéo.

- Also? fragte Amédéo. Dann drehte er sich zu Lebret um, nieste, schnäuzte sich und fragte:

- Lassen Sie sie etwa immer noch weiterreden?

Lebret blieb emotionslos:

- Fahren Sie fort, Lester.

Amédéo hatte Mühe, an sich zu halten:

- Ich fasse es nicht!

Je stärker Amédéo sich aufregte, desto ruhiger wurde Mary innerlich:

- Erst seit gestern habe ich Gewissheit, dass Sie etwas mit dem Fall zu tun haben.

Amédéo war mittlerweile grün im Gesicht und sah aus wie ein gehetztes Tier. Auf seiner Stirn hatten sich Schweißperlen gebildet. Nur mit Mühe gelang es ihm, sich gegen Marys Anschuldigungen zur Wehr zu setzen:

- Gewissheit! Besser wäre, Sie hätten Beweise!

- Ich komme gleich dazu, Monsieur Amédéo. Meine Geschichte mit dem Fass hat im Kommissariat die Runde gemacht. Alle haben sich darüber lustig gemacht. Alle außer Ihnen. Für Sie wurde es langsam zu heiß. Wer weiß, ob nicht doch jemand auf meinen Verdacht anspringen und das Fass herausfischen würde. Dieses Beweisstück musste unbedingt verschwinden. Da kam Ihnen die große Flut gerade recht. Gegen 23 Uhr wäre der niedrigste Wasserstand. Sie brauchen ein Boot mit Rudern. Also stehlen Sie die „Angèle", das Boot von Aimable Maugracieux, binden es an dem Fass fest und warten auf die Flut. Das Boot würde vom Wasser getragen und auf diese Weise das Fass angehoben werden - das hoffen Sie jedenfalls. Aber Sie haben Pech: Sie haben das falsche Boot gewählt. Die Angèle ist zu klein, oder das Fass zu schwer, jedenfalls geht das Boot unter. Sie nehmen ein unfreiwilliges Bad, müssen durch das Wasser ans Ufer zurückwaten und fangen sich eine dicke Erkältung ein. Als der Chef mir erzählt hat, dass Sie erkältet sind, war ich mir sicher, dass Sie hinter der Sache stecken.

Mary Lester schwieg und sah Amédéo an. Er bemühte sich um Haltung, aber sein Gesicht war blass und angespannt.

- Was sagen Sie dazu, Amédéo? fragte der Kriminaldirektor.

- Ich bin fasziniert von der Phantasie dieser jungen Frau!

- Nicht wahr? stimmte der Kriminaldirektor zu. Stellen Sie sich vor, das war auch meine erste Reaktion.

- Na, sehen Sie! triumphierte Amédéo.

- Warten Sie, bremste ihn der Kriminaldirektor, denn als wir später das Fass aus dem Fluss geangelt haben...

- Sie haben ... stammelte Amédéo mit erstickter Stimme.

- Ja, wir haben dieses Fass aus dem Wasser geholt und darin Antoine Sallaberts Leiche gefunden.

- Antoine Sallaberts Leiche, krächzte Amédéo, aber das wusste ich ja gar nicht...

- Sie waren nicht da, entgegnete Lebret, Sie waren ja krank. Wie hätten Sie also davon wissen können? Ihnen ist diese unappetitliche Entdeckung erspart geblieben. Der arme Kerl war in einem traurigen Zustand. Zwei Kugeln steckten in seiner Brust, zwei Kugeln mit einem Durchmesser von 7,65 Millimeter. Hier sind sie.

Der Kriminaldirektor ließ zwei kleine Metallkugeln aus seiner

Hand auf den Schreibtisch kullern und rollte sie mit den Fingerspitzen hin und her.

- Das ist ein Glück für Sie, Amédéo, denn damit können wir beweisen, dass an den Anschuldigungen von Mademoiselle Lester nichts dran ist. Das ballistische Gutachten wird Sie von jedem Verdacht freisprechen. Wenn Sie mir bitte Ihre Dienstwaffe geben würden...

Kreidebleich und mit Schweißperlen auf der Stirn blieb Amédéo einen Moment wie angewurzelt auf seinem Stuhl sitzen. Dann richtete er sich auf und zog mit zitternden Händen seinen Revolver aus dem Holster, erhob sich wie in Zeitlupe und stürzte sich dann plötzlich auf Mary Lester.

- Keine Bewegung, Chef! rief er mit irrem Blick. Er hielt Mary eng an sich gepresst. Mit einer Hand hielt er sie am Kragen ihrer Bluse fest, mit dem anderen drückte er den Revolver hinter ihr Ohr.

Mit einem Mal war die Gelassenheit des Kriminaldirektors wie weggeblasen. Er sprang auf:

- Amédéo, Sie sind ja verrückt! Lassen Sie die Waffe fallen!

Amédéo ließ ein wildes Lachen hören und bewegte sich rückwärts auf die Tür zu.

Lebret machte vorsichtig zwei Schritte auf ihn zu:

- Aber Amédéo, was wollen Sie denn damit bezwecken?

- Ich haue ab, keuchte Amédéo. Ich gehe auf keinen Fall ins Gefängnis, Monsieur, das ist einfach zu abartig. Also, keine Bewegung! Ich habe den Kerl abgeknallt, der es mit meiner Frau getrieben hat, ich habe den Penner umgebracht. Ein Mord mehr spielt nun auch keine Rolle mehr, auch wenn es mir leid um sie täte, ein hübsches Mädchen wie Mademoiselle Lester, ohne die niemand jemals etwas gemerkt hätte. Ich gehe jetzt hier raus zu meinem Wagen, und wenn alles gut läuft, finden Sie Lester lebend. *Wenn* alles gut läuft! Sie haben keine Wahl...

- Lester, ich flehe Sie an, machen Sie keine Dummheiten! Der Kriminaldirektor war vollkommen außer sich. Tun Sie alles, was er sagt. Er ist verrückt, vollkommen verrückt! rief er Mary zu.

Mary gab keine Antwort. Sie war einer Ohnmacht nahe. In ihrem Nacken spürte sie Amédéos heißen Atem, und ihr wurde übel. Amédéo hielt sie noch immer fest umklammert und zerrte sie in Richtung Tür. Er streckte die Hand, in der er die Pistole hielt aus, um sie zu öffnen. Mary wusste, dass dies möglicherweise ihre einzige Chance war. Ihr schossen die Nahkampftechniken durch den Kopf, die sie in der Polizeischule gelernt hatte: Destabilisieren, Bein stellen, Vierteldrehung, Hüftwurf. Amédéo flog durch die Luft und landete mit dem Rücken auf dem Fußboden. Beim Aufprall verlor er seine Waffe. Der Kriminaldirektor hob sie schnell auf, während Mary sich aufrichtete. Sie war nicht einmal außer Atem geraten:

- Judo, Amédéo, sagte sie. Judo. Das wird Ihnen diese Woche schon zum zweiten Mal zum Verhängnis. Soll ich ihm Handschellen anlegen, Chef?

Der Kriminaldirektor nickte nur und bellte gleichzeitig einige kurze Anweisungen in die Sprechanlage. Schon hörte man Schritte über den Flur eilen. Berger betrat den Raum, gefolgt von Le Moal. Beim Anblick von dem niedergeschlagenen Amédéo in Handschellen blieben sie wie angewurzelt stehen.

- Aber Chef, rief Berger, was soll denn das...

Kriminaldirektor Lebret schien innerhalb der letzten Minuten um zehn Jahre gealtert zu sein.

- Kommissar Amédéo hat soeben die Morde an Antoine Sallabert und Maurice Toussaint gestanden sagte er matt. Nehmen Sie ihn mit und bringen Sie ihn in eine Zelle. Gehen Sie auch mit, Lester, ich sehe Sie dann später.

KAPITEL 10

Marc Amédéo hatte sich widerstandslos abführen und verhören lassen und hatte dabei sogar Details preisgegeben, nach denen er überhaupt nicht gefragt worden war. Das gewissenhaft von Le Moal getippte Protokoll hatte er noch nicht einmal gelesen, bevor er artig seine Unterschrift darunter gesetzt hatte. Er saß auf seinem Stuhl und rauchte, den Blick ins Leere gerichtet.

Mary Lester las das Geständnis noch einmal durch.

- Alles drin, sagte sie.

- Genau wie du es angenommen hattest, sagte Berger bewundernd, der über ihre Schulter mitlas. Fehlt nichts, oder?

- Doch, antwortete Mary, etwas fehlt trotzdem.

- Ah ja? Was denn?

- Die Kugeln.

- Die Kugeln? Aber ich dachte...

- Du dachtest, wir hätten die Kugeln in Sallaberts Leiche gefunden? Das dachte ich auch, stell dir vor. Ich hatte sogar darauf gebaut, anhand der Kugeln den Täter überführen zu können. Leider gab es zwar Eintrittswunden von zwei Kugeln, allerdings waren die Projektile nicht mehr im Körper. Der arme Sallabert war so dünn und schmächtig, dass beide Schüsse glatte Durchschüsse waren und Amédéos Kugeln in der Landschaft verschwunden sind.

- Ja, und dann?

- Ja und dann haben wir eben so getan, als hätten wir sie gefunden. Ohne die Kugeln hätten wir doch keine Beweise gehabt. Ich habe dem Chef vorgeschlagen, einfach zwei andere Kugeln mit 7,65 Millimetern Durchmesser zu nehmen, und unser lieber Kommissar ist darauf hereingefallen. Hätte er alles abgestritten, hätten wir ihm nichts nachweisen können.

Amédéo sah sie an und lächelte:

- Nicht schlecht, mein Kleines!

- Ah, hören Sie endlich auf, mich *mein Kleines* zu nennen, Amédéo!

Amédéo freute sich, Mary aus der Fassung gebracht zu haben und lächelte noch breiter.

- Und schauen Sie mich nicht so an! Le Moal, führen Sie ihn endlich ab, um Himmels Willen!

Der Brigadier bedeutete Amédéo ihm zu folgen. Es war ihm sichtlich unangenehm, diesen Mann, der ihm heute Morgen noch Anweisungen gegeben hatte, nun wie einen Verbrecher zu behandeln.

Amédéo folgte ihm gehorsam und sah Mary dabei herausfordernd an. Berger sah beschämt zu Boden. Die Tür fiel zu, die Schritte entfernten sich auf dem Korridor und die Kommissaranwärterin Mary Lester setzte sich gedankenverloren an ihren metallenen Schreibtisch. Dies war ihr erster Fall in ihrer Polizeilaufbahn, und ihr Schicksal kam ihr ungeheuerlich vor. Gleich beim ersten Versuch eine solche „Glanzleistung“, ihren direkten Vorgesetzten hinter Gitter zu bringen! Konnte denn bei ihr niemals etwas normal laufen, so wie bei anderen auch?

KAPITEL 11

Nachdem Amédéo den Raum verlassen hatte, blieb Mary einige Minuten schweigend an ihrem Schreitisch sitzen und starrte vor sich hin. Berger, der auf dem gegenüberliegenden Schreibtisch saß, war ebenso in Gedanken versunken und trommelte mit seinen Fingernägeln gegen das grün lackierte Blech. Plötzlich seufzte er tief, als erwachte er widerwillig aus einem angenehmen Nickerchen und fragte:

- Und jetzt?

Mary schrak zusammen:

- Was sagst du?

- Ich sagte: Und jetzt?

- Und jetzt was?

- Naja, ich weiß auch nicht. Was machen wir jetzt?

Mary sprang auf:

- Ich weiß, was wir jetzt machen. Ich gebe dir einen Kaffee aus, oder besser: Du gibst mir einen Kaffee aus!

- Das ist eine gute Idee, stimmte Berger zu und stand ebenfalls auf. Ich spendiere dir einen Kaffee um auf deinen Erfolg anzustoßen!

Mary stoppte ihn auf der Türschwelle:

- Nein, du schuldest mir aus einem anderen Grund einen Kaffee - und eine Entschuldigung! Und zwar, weil du dich wegen diesem blöden Fass so über mich lustig gemacht hast. Du hast die Geschichte im ganzen Kommissariat herumposaunt! Gib es zu!

- Ich sage kein Wort ohne meinen Anwalt! Berger lachte und legte seine Hand auf sein Herz. Vergessen Sie bitte meine beleidigenden Worte und vergeben Sie mir, mein Kleines!

- Blödmann, sagte Mary zärtlich und boxte ihn in die Seite.

Bis auf sie beide war der Korridor leer.

- Weißt du, Berger, ich hätte befürchtet, die Verhaftung von Amédéo würde für mehr Aufruhr sorgen. Irgendwie wundert mich diese Totenstille im Kommissariat.

Vor dem Eingang zu den Toilettenräumen blieb Berger stehen:

- Würdest du mich bitte einen Moment entschuldigen?

Kaum war er hinter der Tür verschwunden, stieß er einen Schrei aus:

- Le Moal!

Mary beeilte sich, ihm in den gekachelten Raum zu folgen, in dem es stark nach Desinfektionsmitteln roch. Berger kniete vor dem Brigadier Le Moal, der ausgestreckt am Boden lag.

- Was... Sie war sprachlos.

- Nun hilf mir schon! rief Berger ihr zu. Wir müssen ihn aufrichten!

Sie lehnten den dicken, halb bewusstlosen Mann an die Wand. Er hatte Mühe, seinen Kopf zu halten, der hin- und herschlenkerte. Mary tätschelte seine Hände:

- Le Moal, was ist denn passiert?

- Sieh mal hier, sagte Berger und wies auf eine Beule am Kopf des Hünen.

- Mist! brach es aus Mary heraus, die ist ja dick wie ein Taubenei! Wie hat er sich denn diese Beule zugezogen?

- Ich würde sagen, JEMAND hat ihm damit eins übergebraten! Berger zeigte auf den hölzernen Handtuchhalter in der Ecke. Und wer mag dieser JEMAND wohl sein?

- Um Gottes Willen! Mary sprang auf die Füße. Amédéo! Der Dreckskerl ist abgehauen! Ich fand es vorhin schon komisch, dass er sich so bereitwillig hat abführen lassen. Der hatte einen Plan! Wir müssen sofort den Chef benachrichtigen!

Sie rannte in den Flur zum Büro ihres Chefs, klopfte an die Tür und öffnete sie sogleich, ohne eine Antwort abzuwarten. Lebret war am Telefon und führte offenbar gerade ein unangenehmes Gespräch mit einem Vorgesetzten. Er bedeckte den Hörer mit der Hand und sagte vorwurfsvoll:

- Was denn, Lester...

- Amédéo, Chef! Er ist geflohen!

- Was? Lebret sprang aus seinem Sessel auf und sämtliches noch vorhandenes Blut schien aus seinem ohnehin schon bleichen Gesicht zu weichen. Dann gewann er die Kontrolle über sich zurück und rief in den Hörer:

- Einen Moment, Herr Präfekt, ich bekomme gerade schlechte Neuigkeiten... Ich muss mich dringend darum kümmern. Genau, ich rufe Sie schnellstmöglich zurück, Herr Präfekt. Bitte entschuldigen Sie mich jetzt...

Er warf den Hörer auf die Gabel und das Blut schoss in sein Gesicht zurück, das plötzlich puterrot anlief:

- Was sagen Sie da, Lester?
- Amédéo, Chef. Er ist abgehauen.
- Aber wie das denn?
- Er hatte alles zugegeben und unterschrieben, Chef. Le Moal wollte ihn in die Zelle bringen, und da...
- Ja?
- Gerade haben Berger und ich Le Moal halb bewusstlos in der Herrentoilette gefunden!
- Aber das ist doch absurd! stammelte Lebret. Wo ist Berger?
- Bei Le Moal, im Waschraum.

Der Direktor stürmte auf den Flur hinaus, dicht gefolgt von Mary. Le Moal saß immer noch genauso da, wie Mary ihn zurückgelassen hatte und Berger tupfte ihm mit einem feuchten Taschentuch die Schläfen. Der Wachmann schien langsam wieder zu sich zu kommen, allerdings blickte er noch immer ganz verstört drein.

- Was ist passiert? donnerte Lebret.

Le Moal schloss gequält die Augen. Er hatte das Gefühl, sein Gehirn würde unter dem lauten Gebrüll zerplatzen. Berger mischte sich ein:

- Wie ich es verstanden habe, Chef, hat Amédéo gebeten auf die Toilette gehen zu dürfen. Danach hat er sich die Hände gewaschen. Als Le Moal ihm den Rücken zugedreht hat, hat er den Handtuchhalter aus der Verankerung gerissen und ihm damit einen gewaltigen Schlag auf den Schädel verpasst.
- Stimmt das, Le Moal? fuhr Lebret Le Moal an.

Le Moal schloss erneut die Augen.

- Der ist noch vollkommen benebelt, sagte Berger. Wir müssen ihn ins Krankenhaus bringen.
- Kümmern Sie sich darum, sagte Lebret beim Hinausgehen. Ich muss den Präfekten anrufen.

Merkwürdigerweise schien niemand im Kommissariat etwas von dem Drama mitbekommen zu haben, das sich hier abgespielt hatte. Alles war ruhig. Mary lief schnell hinunter zum Empfang. Der diensthabende Wachmann döste vor sich hin und biss sich vor Schreck auf die Zunge, als Mary ihm ins Ohr schrie:

- Ist Amédéo hier vorbeigekommen?
- Amédéo? Äh... nein.
- Sind Sie sicher?

Der Wachmann überlegte.

- Öh... ja... Also, ich meine, er ist heute Morgen hier vorbeigekommen, als er angekommen ist. Er müsste eigentlich noch im Haus sein. Warum, gibt es einen Notfall?

- Und was für einen Notfall! rief Mary und machte auf dem Absatz kehrt.

- Soll ich ihm etwas ausrichten, wenn ich ihn sehe? fragte der Wachmann.

- Wahrscheinlich werden wir ihn so bald nicht wieder zu Gesicht bekommen, fluchte Mary.

Amédéo musste durch die Hintertür geflohen sein, direkt in den Hof, wo sein Wagen parkte. Sie öffnete die kleine Tür, die auf den betonierten Parkplatz hinausging. Am Tor zur Straße ging ein Wachmann auf und ab.

- Haben Sie Amédéo gesehen? rief sie ihm schon von weitem entgegen.

- Er ist gerade weggefahren, antwortete der Wachmann.

- In seinem Auto?

- Ja.

- In welche Richtung ist er gefahren?

Der Wachmann machte eine unbestimmte Geste.

- Da lang, Richtung Innenstadt.

Mary zuckte mit den Schultern. Richtung Innenstadt, das half ihr nicht weiter. Von dort aus konnte man überall hin fahren!

Der Wachmann sah sie neugierig an und zwirbelte seinen blonden Schnurrbart in eine Form, die Mary unwillkürlich an einen Fahrradlenker denken ließ.

Mary kehrte ins Kommissariat zurück und steckte ihren Kopf in das Büro von Lebret. Dieser saß erneut am Telefon und beriet sich umständlich mit dem Polizeipräfekten. Er winkte sie hinein und nickte ihr fragend mit dem Kopf zu. Mit einem Kopfschütteln gab sie ihm zu verstehen, dass es keine Neuigkeiten gab und Lebret zuckte zur Antwort resigniert mit den Schultern. Dann murmelte er ein zerknirschtes „in Ordnung, Herr Prefekt" in den Hörer und legte auf.

Innerhalb der letzten Stunden schienen sich zahlreiche neue Furchen in Lebrets Gesicht gegraben zu haben, seine Augen wirkten müde und abgeschlagen. Er vergrub den Kopf in seinen Händen und verharrte einen Moment reglos in dieser Position. Seufzend sah er schließlich Mary an.

- Da sitzen wir aber schön in der Tinte! stöhnte er.

Endlich schien er sich wieder gefangen zu haben; er schlug mit der Faust auf den Schreibtisch, sprang auf und begann dann, im Zimmer auf und ab zu gehen.

- Ist Ihnen eigentlich klar, Lester, dass in diesem Moment die Gendarmerie Straßensperren errichtet, um den Hauptkommissar Marc Amédéo zu finden?!

Einen Moment lang starrte er vor sich hin und schwieg. Dann fuhr er mit Grabesstimme fort:

- Den Hauptkommissar Amédéo, der eines Doppelmords beschuldigt wird und der aus dem Kommissariat von Lorient geflohen ist! Sie können sich vorstellen, was morgen in der Zeitung stehen wird! Ausgerechnet zwei Monate vor meiner Pensionierung! Was bin ich doch für ein Glückspilz!

- Aber was kann ich denn nur tun, Chef? fragte Mary.

- Nichts, mein Kleines, antwortete Lebret und setzte sich wieder. Sie haben ohnehin schon mehr als genug getan!

Mary sah den Kriminaldirektor überrascht an. Was wollte er damit sagen? War das eine Anspielung auf ihren Übereifer, auf ihre Hartnäckigkeit, unbedingt die Wahrheit herausfinden zu wollen? Womöglich dachte er sich, wenn sie doch nur an ihren Statistiken gearbeitet hätte, wie man es ihr aufgetragen hatte, anstatt sich um andere Dinge zu kümmern, dann wäre die Situation jetzt nicht so kompliziert. Dann hätte man den Landstreicher beerdigt und seinen Tod als einen Unfall behandelt und Sallabert würde bis in alle Ewigkeit unter der Eisenbahnbrücke im Schlamm verrotten. Alle würden denken, er hätte sich aus dem Staub gemacht. Das Leben in Lanester und in Lorient ginge weiter seinen gewohnten Gang. Amédéo wäre der pflichtbewusste Kommissar, der er immer gewesen war und Lebret würde friedlich an seiner Abschiedsrede schreiben. In diesem Augenblick würde er vielleicht gerade die Kostenvoranschläge der Catering-Firmen für seine Abschiedsfeier vergleichen, und Mary würde Anzeigen wegen zerbrochener Fensterscheiben und gestohlener Kaninchen aufnehmen. In einem adretten Büro in der kleinen Polizeidienststelle zwischen der Bank und der Tierarztpraxis in Lanester, das im Grunde mehr ein kleiner Laden war wie die anderen in der Straße... Aber nein, Mary hatte ja ihren Willen durchsetzen und damit alles aus dem Gleichgewicht bringen müssen. Sie hatte sich geweigert, sich der traditionellen Rangordnung unterzuordnen, wo die Kommissaranwärter brav die Anweisungen von oben befolgten und sich um den Rest nicht zu kümmern hatten. Für den Rest wäre ja später noch genug Zeit, nicht wahr?

Lebret sah sie an und sagte in beinahe vorwurfsvollem Ton:

- Lester, gehen Sie nach Hause! Was wollen Sie denn noch tun? Die Gendarmerie ist alarmiert worden und alle in derartigen Fällen zu treffenden Maßnahmen sind eingeleitet worden... Für mich bleibt die wunderschöne Aufgabe, die Journalisten zu empfangen und die ganze Geschichte haarklein zu erzählen. Glauben Sie mir, meine Freude über diesen Programmpunkt hält sich in Grenzen!

Mit hängendem Kopf verließ Mary das Büro. Nur allzu gerne hätte sie bei der Suche geholfen, aber wie der Kriminaldirektor schon sagte, was konnte sie schon tun, außer niedergeschlagen ihr kleines Auto durch die grauen Straßen der Stadt zu ihrer Wohnung zu lenken?

★

Die Nacht kam Mary unendlich lang vor. Sie lag wach in ihrem Bett und versuchte, sich in Amédéos Situation zu versetzen. Was hätte sie an seiner Stelle gemacht? Im Kommissariat waren sich alle einig, dass er vermutlich in Richtung Süden geflohen sei und dass er bestimmt versuchen würde, sich ins heimatliche Korsika abzusetzen. Wenn ihm das gelingen würde, wäre es danach so gut wie unmöglich ihn wieder einzufangen.

Allerdings fiel es Mary schwer, sich dieser Meinung anzuschließen. Sie hielt Amédéo für weniger berechenbar. Er war mit der Polizeiarbeit zu gut vertraut, als dass er die für die Kollegen naheliegendste Lösung wählen und sich so der Gefahr aussetzen würde erwischt zu werden.

Am nächsten Tag fuhr sie schon sehr früh ins Kommissariat. Hier herrschte eine bedrückte Stimmung wie im Hause eines Toten, niemand wagte laut zu sprechen. Sie hatte den Eindruck, dass ihre Kollegen sie mieden. Scheinbar wollte man sie nicht nur aus den Ermittlungen heraushalten, offensichtlich wollte ihr auch niemand den Stand der letzten Entwicklungen mitteilen. Aber irgendwelche neuen Informationen musste es doch geben?

„Ihr" Büro, das sie mit Amédéo teilte, wenn sie gerade nicht in

Lanester war, war leer. Keine Nachricht. Das Büro von Berger war ebenfalls leer und der Wachmann vor Lebrets Büro teilte ihr mit, dass dieser in einer Besprechung sei und die strikte Anweisung erteilt habe, dass er unter keinen Umständen gestört werden wolle.

Unentschlossen kehrte Mary in die Eingangshalle zurück und wartete. Das Telefon klingelte ununterbrochen und der Beamte am Empfang leitete die Anrufe an die entsprechenden Stellen weiter, wobei er ihr ab und zu scheele Blicke zuwarf.

Mary hatte das unangenehme Gefühl unerwünscht zu sein. Schließlich ging sie hinaus auf den Parkplatz. Sie würde in die Dienststelle nach Lanester fahren, wenigstens würde man ihr dort nicht so feindselig begegnen. Mary fühlte sich niedergeschlagen und enttäuscht. Sie startete ihren Wagen und legte knirschend den ersten Gang ein. Da sah sie Berger und Lebret, die im Laufschritt das Kommissariat verließen und eilig in einen Dienstwagen stiegen.

Der weiße Renault Kombi fuhr mit quietschenden Reifen vom Hof. Marys Herz machte einen Sprung. Sie gab Gas. Berger fuhr schnell, mit Blaulicht und Sirene verschaffte er sich freie Fahrt. Mary hängte sich an seine Fersen. In ihrem Austin hatte sie Mühe ihm zu folgen.

Der Renault schlug die Straße nach Lanester ein...

★

Die Brücke Pont du Bonhomme, eine moderne Betonkonstruktion, überspannt am Ausgang von Lanester den Blavet in Richtung Quiberon. Am Ende der Brücke steht in einer Art Garten eine Säule aus Granit in Form eines Hinkelsteins, die den Besucher darüber aufklärt, dass der Bau im Jahr 1974 abgeschlossen und von einem gewissen Monsieur Raymond Marcellin eingeweiht wurde, der seinerzeit unter Général de Gaulle Innenminister gewesen war. Direkt neben diesem Bauwerk stehen noch die alten Brückenpfeiler, auch wenn die Brücke selbst schon vor langer Zeit abgebaut wurde: Zwei hohe Türmchen aus Stein, in deren Spitzen sich jeweils eine Nische befindet. Diese Nischen beherbergten früher zwei in Stein gehauene Statuen: einen kleinen Mann, den *„bonhomme"* und eine kleine Frau, die *„bonne femme"*. Eines Tages hat sich jemand einen schlechten Scherz erlaubt und dieses steinerne Pärchen entführt. Zwar sind die Statuen wieder aufgetaucht, aber aus Angst vor einem erneuten Kidnapping stehen sie seitdem im

Rathaus.

Trotzdem blieb der Name erhalten, und auch die neue Brücke wurde wieder „Pont du bonhomme“ getauft.

Bergers Wagen war am Anfang der Brücke zum Stehen gekommen, neben einem blauen Kleinbus der Gendarmerie und einem roten Feuerwehrwagen. Auf der Brücke hatte man blinkende Warnschilder aufgestellt, die auf einen Unfall hinwiesen.

Mary parkte ihren Austin hinter dem weißen Renault. Die Leitplanken waren auf einigen Metern herausgerissen, und die entgegenkommenden Fahrzeuge fuhren in Schrittgeschwindigkeit an der Unfallstelle vorbei, wobei sich an den Minen ihrer Insassen beim Anblick der Lücke in dem stabilen Geländer die unterschiedlichsten Reaktionen ablesen ließen.

Offensichtlich war ein Auto von der Brücke in die Tiefe gestürzt. Zitternd beugte Mary sich über den circa 15 Meter tiefen Abgrund. Die Ebbe hatte gerade erst eingesetzt und zurzeit konnte man von hier aus nichts sehen. Das Fahrzeug musste sich einige Meter unter der grünen Wasseroberfläche befinden, über die der kühle Nordwind weißliche Schaumfetzen blies.

Kriminaldirektor Lebret kam auf Mary zu, die sich nicht von der Stelle gerührt hatte und blieb in einigen Schritten Entfernung stehen. Berger hielt sich hinter ihm.

- Sieh mal an, sagte er, Lester! Hätte ich mir denken können! Eine Brücke mit etwas darunter, das durften Sie natürlich auf keinen Fall verpassen!

- Wer ist das, Chef? fragte Mary und umkrampfte das kalte Metallgeländer mit beiden Händen.

- Wie, das haben Sie noch nicht erraten? entgegnete ihr Vorgesetzter mit ironischem Unterton. Ich hätte Sie scharfsinniger eingeschätzt.

- Es ist Amédéo! stöhnte Mary.

- Na, also, sagte Lebret und drehte sich zu Berger um. Der kann man auch nichts verheimlichen! Nun kommen Sie schon, wo sie schon einmal hier sind!

Unten am Ufer machten sich einige Polizeitaucher neben den Brückenpfeilern zum Tauchgang fertig. Die drei Kommissare kletterten über die steile Böschung zu ihnen hinunter, wobei der feuchte Boden unter ihren Füßen ins Rutschen geriet und sich ihre Hosenbeine im

Brombeergestrüpp verfingen. Ein tief hängender Ast riss Lebret den Hut vom Kopf. Berger hob ihn auf und reichte ihn dem Kriminaldirektor zurück. Dieser klopfte mit dem Ärmel seines Mantels sorgsam den Schmutz von dem grauen Filz und setzte dann vorsichtig seinen Abstieg fort, wobei er sorgfältig darauf acht gab, dass er nicht auf dem Hintern an sein Ziel rutschte, was extrem schädlich für seine Würde, und fatal für seine Hose gewesen wäre. Unwillig stöhnte er bei dem Gedanken daran, dass er später auf diesem Wege zum Wagen zurückkehren müsste.

Einige Boote lagen vor der Brücke vor Anker und der Wind pfiff unheimlich durch die metallenen Masten.

- Und? fragte Lebret und reichte einem der beiden Feuerwehrmännern, die am Ufer zurückgeblieben waren, die Hand.

Dieser deutete mit einem Kopfnicken in Richtung Wasser. Es war der große Blonde, der das Fass unter der Eisenbahnbrücke geborgen hatte.

- Die Kollegen arbeiten dran, sagte er. Sie mussten Lampen holen, das Wasser ist zu trüb. Aber es besteht kein Zweifel, bei dem Fahrzeug handelt es sich um einen Citroen GS, braun-metallic, amtliches Kennzeichen 1247 2 B.

- Immer noch in Bastia angemeldet, kommentierte Berger.

Amédéo war vor zwei Jahren nach Lorient versetzt worden und hatte immer noch nicht die Zeit gefunden sein Auto umzumelden.

- Es ist niemand drin, sagte der Feuerwehrmann, aber die Frontseite und der rechte Kotflügel sind stark beschädigt.

Der zweite Feuerwehrmann lachte bitter auf und deutete nach oben:

- Kein Wunder, wenn man sich die Leitplanke anguckt...

Der große Blonde ging nicht auf den anderen ein und schloss seinen Bericht:

- Die Fahrertür ist weit geöffnet...

Nachdenklich betrachtete Lebret das grüne schäumende Wasser, das mit starker Strömung vorbeifloss. Er fühlte beim Anblick dieser stillen Masse, die von einer unsichtbaren und unwiderstehlichen Macht bewegt wurde, eine eigenartige Faszination in sich aufsteigen und fast wurde ihm schwindelig. Irgendwo hatte er gehört, dass Amédéo Brücken liebte. In welchem Zusammenhang war das doch gleich gewesen? Ach ja, was für ein pietätloser Gedanke von ihm! Zu Beginn jeden Jahres hatte Amédéo immer den neuen Kalender durchgeblättert und dabei die Feiertage herausgesucht. Besonders hatte er sich dabei für die freien Tage interessiert, die in die Nähe des Wochenendes fielen und somit einen „Brückentag“ bildeten, was ihm drei oder vier aufeinander folgende arbeitsfreie Tage bescherte. Den Kollegen war diese Manie nicht entgangen und sie hatten ihn scherzhaft Amédéo, den König der Brücken genannt... An diesen Satz hatte Lebret sich plötzlich erinnert. Armer Amédéo, fuhr es ihm durch den Kopf. Wärst du doch bloß bei deinen administrativen Brücken geblieben, dann wärst du noch am Leben und uns allen wäre viel Ärger erspart geblieben.

Berger und Mary warteten schweigend etwas abseits.

Einer der Taucher erschien an der Oberfläche wie ein futuristisches Tier mit schwarzer Gummihaut. Kurze Zeit später tauchte auch der zweite Froschmann auf. Beide paddelten mit voller Kraft gegen die Strömung an und kletterten mühsam aus dem Wasser.

- Und? fragte Lebret erneut.

Sie schüttelten die Köpfe und zogen sich ihre Masken vom Kopf.

- Nichts!

Dann wandten sie sich dem großen Blonden zu:

- Wir müssen den Wagen herausziehen, Louis!

- Meinst du wirklich, die Strömung ist so stark?

- Auf jeden Fall! Das Auto wird sonst mit Sicherheit aufs offene Meer hinausgetrieben. Es wäre wirklich dumm, wenn wir es auf die Weise verlieren würden! Denn bevor wir es da draußen wieder finden...

Er machte eine ausladende Bewegung zum Mündungstrichter des Blavet und zur vorgelagerten Insel Ile de Groix hin, um den Umfang einer solchen Suchaktion zu verdeutlichen. Sie saßen am Ufer, mit den Schwimmflossen im Wasser. Lebret beugte sich zu ihnen hinunter:

- Das Innere des Wagens ist leer?

Der Taucher sah zu ihm hoch und wischte mit dem Handrücken über seine Taucherbrille.

- Jawohl, Monsieur, niemand an Bord. Die Leiche muss von der Strömung mitgerissen worden sein. Ich habe Ihnen ja gesagt, die Fahrertür ist offen. Wenn der Typ sich angeschnallt hätte, wäre er vielleicht noch da... aber der Gurt ist auch offen, daher...

Er winkte in Richtung des offenen Meers. Wahrscheinlich trieb

Amédéo nun irgendwo zwischen Groix und Belle Ile in den Fluten.

Lebret ging einige Schritte über den rötlichen Sand an der durch die Flut aufgehäuften Linie aus Algen, totem Laub und Piniennadeln entlang, die das Ufer wie eine braun-schwarze Borte säumte. Er atmete mehrmals tief durch. Er liebte diesen speziellen süßlich-schweren Geruch, den man nur in Regionen wie dieser fand, wo Meer und Wald täglich zweimal aufeinander trafen. Ein Segen, wie er fand.

Langsam ging er zu Mary zurück, die Hände auf dem Rücken verschränkt.

- Sehen Sie, Fräulein Kommissarin... Das ist also das Ende einer traurigen Geschichte. Um es im Zeitungsjargon zu sagen: Der mutmaßliche Täter ist verstorben.

- Glauben Sie, es war ... Mary brachte das Wort nicht über die Lippen.

- Selbstmord? antwortete er. Gut möglich. Sehen Sie, Lester, was Sie auch immer über Amédéo denken mögen, er war ein guter Polizist.

Er sah die junge Frau, die neben ihm herging von der Seite an und glaubte, den Anflug eines zweifelnden Schmunzelns über ihr Gesicht huschen zu sehen. War das möglich? Eilig fügte er hinzu:

- Jeder hat seinen Stil. Jeder geht bei seiner Arbeit anders vor. Ihnen haben seine Methoden nicht gefallen, und er hatte kein Verständnis für Ihre Methoden. Aber ich kann Ihnen sagen, ich war zwei Jahre lang Amédéos Vorgesetzter, und er hat immer erstklassige Ergebnisse geliefert. Bei den Ermittlungen, die ihm übertragen worden sind, ist er kein einziges Mal gescheitert, solche Leute sind sehr selten. Eben weil er ein so guter Polizist war, wusste er auch, dass die Polizei ihre Arbeit machen würde. Es war ihm klar, dass er uns früher oder später ins Netz gehen würde. Die Art von Verbrechen, dessen Amédéo sich schuldig gemacht hat, werden in Frankreich jedes Jahr zu Hunderten begangen: Mord aus Leidenschaft. Stellen Sie sich mal vor, er wäre nach dem Mord an Antoine Sallabert zu mir gekommen und hätte sich gestellt. Er überreicht mir seine Dienstwaffe und sagt: „Chef, ich habe jemanden umgebracht..." Wir verhaften ihn, natürlich, und er kommt vor Gericht. Um was wollen wir wetten, dass er nicht mehr als die Mindeststrafe gekriegt hätte? Höchstwahrscheinlich sogar mit Bewährung... Er ist betrogen und danach vom Liebhaber seiner Frau zusammengeschlagen worden, er hat zur Selbstverteidigung geschossen. Sogar der erstbeste Pflichtverteidiger würde der Jury mit dieser Geschichte ein paar Tränen herausquetschen!

- Vom Polizeidienst wäre er allerdings suspendiert worden, wandte Mary ein.

Lebret seufzte:

- Sie haben Recht, Lester, vom Polizeidienst wäre er suspendiert worden. Ich schätze, dass er aus diesem Grund so gehandelt hat. Er hätte den Beruf verloren, an dem er so hing, er wäre für etwas bestraft worden, für das er sich nicht schuldig fühlte... Er fühlte sich einfach nicht schuldig, sondern ungerecht behandelt. Ah, die Ungerechtigkeit, das ist ein großes Gefühl! Sehen Sie, diese kriminellen Jugendlichen, die ihren reicheren Altersgenossen die Mofas und die Lederjacken klauen, die rechtfertigen ihre Handlungen auch durch dieses Gefühl der Ungerechtigkeit. Sie haben das gleiche Alter wie ihre Freunde, aber nicht die gleichen Chancen. Warum ist das so? Sie können schließlich nichts dafür! Das ist doch ungerecht! Tja, heutzutage gibt es auch keine Priester mehr, die uns vorbeten, uns mit unserem Status zufrieden zu geben...

Der Kriminaldirektor und Mary machten sich daran, die steile Böschung wieder hinaufzuklettern, um zurück zur Straße zu gelangen. Auf halber Strecke ließ sich Lebret, der vollkommen außer Atem und zu erschöpft war, um sich um seine schöne graue Hose zu kümmern auf einem umgekippten Baumstamm nieder und zündete sich eine Zigarette an.

- Ich biete Ihnen keine an, Lester, ich meine, Sie sind Nichtraucherin.

Mary nickte zustimmend:

- Stimmt, Chef.

- Wie recht Sie haben, sagte Lebret und blies genüsslich einen weißen Rauchkringel in die Luft. Ich habe überhaupt keine Puste mehr.

Was er nicht sagte war, dass er nebenbei auch schon über sechzig war, einen stattlichen Bauch vor sich hertrug und konsequent auf sportliche Aktivitäten verzichtete.

Unten am Ufer setzten die Taucher gerade zu einem neuen Tauchgang an, diesmal mit einem dicken Seil ausgestattet. Sobald ein Kran herbeigeschafft worden wäre, würden Sie das Auto daran aus dem Wasser ziehen.

Auf der Brücke waren Arbeiter von der Stadt gerade damit fertig, Metallabsperrungen zum Schutz der Autofahrer anzubringen, wo

Amédéos Wagen ein Loch in die Leitplanke gerissen hatte. Die Gendarmen packten ihre blinkenden Warnschilder ein und durch den einsetzenden dichten Verkehr in beiden Richtungen hörte man bald nur noch das Rauschen der Fahrbahn.

Nachdem der Kriminaldirektor wieder zu Atem gekommen war, setzten sie ihre Kletterpartie fort. Mary jugendlich-leichtfüßig, und Lebret schnaufend und ächzend. Endlich waren sie an der Straße angelangt.

- Soll ich Sie ins Kommissariat fahren, Chef? bot Mary an.

Lächelnd sah Lebret auf den kleinen Austin Mini hinunter.

- Danke, Lester, aber ich habe schon einen Fahrer.

Mit diesen Worten entfernte er sich in Richtung des Renaults, in dem Berger auf ihn wartete.

KAPITEL 12

In Lorient stellte Mary ihren Wagen auf dem Platz Jules Ferry ab. Dieser Parkplatz lag unweit vom Kommissariat entfernt, hinter dem Kongresszentrum. Der von bunten Fahnen umflatterte Betonbau war von einer kleinen Parkanlage umgeben, in der sich ein großes Mosaikbecken mit Wasserfontänen befand, die zu besonderen Anlässen angestellt wurden. Das Ganze war zwar nicht so beeindruckend wie der Apollo-Brunnen in Versailles, aber immerhin, der Wille war da. Im Augenblick war das Becken leer und wirkte trostlos und düster. Zwei Hunde tollten zwischen den grün-grauen Kupferhähnen herum.

Am Rande des Platzes betrachtete ein kleiner alter Mann nachdenklich das Gefallenendenkmal, wo zwei riesige in Granit gehauene Soldaten in vorbildlich strammer militärischer Haltung ihren steinernen Blick starr auf die Unterpräfektur gerichtet hielten.

Das Zentralkommissariat, ein langes, graues, von einem Gitterzaun umgebenes Gebäude, erstreckte sich entlang der Uferstraße *Quai de Rohan*. An dessen Ende befand sich das Becken des Yachthafens, wo die Masten der zahlreichen angelegten Boote die Spitzen der kahlen Bäume überragten. Ein wenig weiter unten, auf der Meerseite, war der Fähranleger für Überfahrten zur Insel Groix, wo sich in der schönen Jahreszeit die Schiffe mit Touristen füllten. Eine merkwürdige Stadt, wo es einfacher war, sein Boot zu parken als sein Auto...

Mary stieß die schwere Metalltür auf und erklomm die Treppe nach oben. Berger war in seinem Büro.

- Das wär's, stellte er fest, als er Mary sah, so schließt sich der Kreis...

- Welcher Kreis? fragte Mary friedfertig und setzte sich seitlich auf eine Ecke des Schreibtischs.

- Wie, welcher Kreis? rief Berger. Aber...

- Aber was?

- Kein Amédéo, keine weitere Verfolgungsjagd!

- Genau. Jedenfalls wenn er tot ist.

- Was soll das heißen, *wenn* er tot ist, fragte Berger entrüstet.

Glaubst du etwa, er hat einen derartigen Absturz überlebt?

- Wenn er wirklich abgestürzt ist, nein.

- Was soll das heißen, *wenn* er abgestürzt ist?

- Nun hör endlich auf mit deinem ewigen „was soll das heißen". Hast du Amédéos Leiche gesehen?

- Nein, aber...

- Aber was?

- Er wird von der Strömung mitgerissen worden sein!

- Hypothese!

- Also echt jetzt! empörte sich Berger und schlug mit der Faust auf den Tisch. Du hast es doch gesehen, sein Auto hat das Brückengeländer durchbrochen und ist ins Wasser gefallen.

- Genau.

- Du hast gesehen, wie tief das runter geht?

- Habe ich gesehen.

- Der muss tot sein, Mary!

- Schon, stimmte Mary wenig überzeugt zu. Er muss tot sein, oder müsste wenigstens... Andererseits habe ich ihn nicht gesehen. Niemand hat ihn gesehen. Dabei hat Amédéo selbst gesagt, wenn du dich erinnern möchtest: „Sie sagen mir, dass Sallabert tot ist, Lester, das mag ja sein. Aber zeigen Sie mir die Leiche!" Und Amédéo hatte Recht, erst als wir ihm Sallaberts Leiche gezeigt haben, hat er uns ernst genommen. Und deswegen sage ich es Dir noch einmal, Berger, ich glaube erst, dass Amédéo tot ist, wenn ich seine Leiche gesehen habe, vorher nicht!

Berger erhob sich kopfschüttelnd und ging ein paar Mal im Raum auf und ab, wobei er die Hände gegeneinander schlug:

- Mary, du nervst! Du wirst die Leiche schon noch zu Gesicht bekommen. Eines Tages wird sie von einem Fischkutter in Pont Coupé oder Kéroman mit an Land gebracht.

- Okay. Sag mir dann einfach Bescheid, ab dann glaube ich wirklich an seinen Tod. In der Zwischenzeit...

Berger ließ sich auf einen Stuhl fallen und zischte zwischen den Zähnen hervor:

- Dickschädel!

Mary lächelte. Sie fragte:

- Sag mal, der Chef...

Nun zeigte sich auch auf Bergers Gesicht ein breites Lächeln:

- So was von erleichtert! Seit er wieder da ist, hängt er am Telefon. Präfektur, Ministerium, ich kann dir sagen, die Sache hat ganz schön Wellen geschlagen. Er hat noch nicht einmal die Zeit gefunden, uns zusammenzustauchen!

- Perfekt, entgegnete Mary, wie ich sehe, sind alle beschäftigt. Ich für meinen Teil habe keinen Vorgesetzten mehr.

- Wie bitte? fragte Berger.

- Naja, du hast mir doch gesagt, er sei tot. Ich gehe mal eine Runde spazieren!

- Darf man erfahren, wo? Berger zog die Augenbrauen hoch.

- In der Stadt, hier und da... entgegnete Mary kokett und ging auf die Tür zu.

- Du bist mir nicht geheuer, sagte Berger argwöhnisch. Es würde mich überhaupt nicht wundern, wenn du schon wieder irgendeine Dummheit ausbrütest! Das würde zu dir passen.

- Aber nein, antwortete sie leichthin, das bildest du dir ein! Bis später!

★

Auf dem Quai de Rohan war dichter Verkehr. Mittagszeit. Die Eltern holten ihre Kinder vom Saint-Louis-Gymnasium ab. An der Straßenecke, gegenüber vom Hotel Mercure, ging ein uniformierter Streifenpolizist auf und ab, das Funkgerät am Ohr. Es war der Mann mit dem stolzen blonden Schnauzbart. Er lächelte Mary zu und stoppte für einen Moment den Verkehr, um sie die Straße überqueren zu lassen.

In einem Imbiss in der Nähe der Post aß sie eine Kleinigkeit zu Mittag, dann kehrte sie zurück zu ihrem Auto. Das war doch eine komische Geschichte mit Marc Amédéo. Was seine Frau wohl gerade machte? Was sie wohl fühlte? Schmerz? Mitleid? Erleichterung? Wer wusste das schon!

Ohne nachzudenken lenkte sie den Wagen in Richtung des Holzparks in Lanester, wo Aimable Maugracieux den Leichnam von Maurice Toussaint gefunden hatte: Langsam fuhr sie an dem Feld aus schwarzen Holzstelen vorbei, die aus dem ruhigen Wasser ragten. An der Eisenbahnbrücke hielt sie an und lief einige Schritte über die Uferböschung, wo die Feuerwehrleute das grausige Fass aus dem Wasser gezogen hatten.

Maurice Toussaints Unterschlupf war noch dort. Und würde es wohl auch noch eine Zeitlang bleiben. Die Deutschen haben ihren Ruf solide Bauwerke zu schaffen schließlich nicht von ungefähr! Vermutlich würde innerhalb kurzer Zeit ein anderer gesellschaftlicher Außenseiter Momos Erbe antreten. Im Augenblick schien der Bunker jedoch leer zu stehen.

Vor der großen Warntafel der Marine hielt sie einen Moment lang inne „Achtung Hochspannungsleitung! Ankern im Brückenbereich verboten. Mindestabstand 7 Meter."

Hatte nicht letztlich diese Hinweistafel über Amédéos Schicksal entschieden? Wahrscheinlich schon. An was für Kleinigkeiten es doch manchmal hing!

Sie stieg zurück in ihren Wagen, durchquerte Lanester und fuhr zur Brücke Pont du Bonhomme. Sie verhielt sich wie jemand, der einen liebgewordenen Ort für immer verlassen musste und der sich ein letztes Mal dorthin begab, um intensiv die Stimmung zu spüren und Abschied zu nehmen.

Auf der anderen Seite der Brücke angelangt wendete sie den Wagen und stellte ihn kurz vor dem Hinkelstein mit der Gedenkplakette an die Einweihung der Brücke ab.

Mit einigen Schritten war sie über dem Wasser.

Lediglich die Eisenplanken, mit welchen die Lücke im Geländer provisorisch gesichert worden war, erinnerten noch an das Drama, das sich hier letzte Nacht abgespielt hatte. Im Vorbeigehen bemerkte sie, dass auf dem Asphalt keine Bremsspur zu sehen war und dass der Bordstein durch den Aufprall der Felgen abgebröckelt war.

Auf der linken Seite ging der Blick auf das offene Meer hinaus. Der Ozean, auf den sich zu Zeiten der Indien-Kompanie so viele Schiffe hinausgewagt hatten, auf ihrer Suche nach Seide, Elfenbein und Gewürzen aus dem Orient...

Auf der rechten Seite wand sich das Flüsschen Blavet ins Landesinnere bis nach Hennebont. Zu Beginn des Jahrhunderts hatte in dieser alten Schmiedestadt ein reges Schifffahrts- und Handelsleben geherrscht; mittlerweile befand sich der Ort in einem Zustand der Lethargie.

Der Blavet diente heute nur noch als Parkplatz für Yachten und als Schiffsfriedhof. Mary konnte von weitem die Schiffswracks erkennen, die in der Bucht lagen. Konnte man auch die Hütte von Madame Le Dantec sehen? Nein. Allerdings verlief unter der Brücke ein schmaler

Pfad am Ufer, der bis nach Kerhervy führte. Eine erhebliche Abkürzung, allerdings konnte der Weg nur von Fußgängern benutzt werden.

Sie stieg zurück ins Auto und fuhr an der Müllhalde vorbei. Die Zigeuner waren verschwunden und ein Bulldozer schob Erdhaufen auf, um andere mögliche Wildcamper davon abzuhalten, an diesem verwunschenen Ort ihre Zelte aufzustellen. Ob ihnen das nun gefiel oder nicht, von nun an würde das fahrende Volk sein Lager am Straßenrand aufschlagen müssen.

Ein Dauerregen hatte eingesetzt. Der typische Nieselregen, von den Einheimischen *crachin* genannt. Die Luft war vollkommen windstill und es war ungewöhnlich mild: Sprühregen und milde Luft, ein echtes Bretagne-Wetter.

Mary musste ihre Scheibenwischer einschalten, aber da die Wassermengen gering waren, quietschten die Wischerblätter auf der Windschutzscheibe. Sie fuhr bis zum Freilichttheater, das nichts von seiner Unheimlichkeit eingebüßt hatte, blieb dort einige Augenblicke mit laufendem Motor stehen und fuhr dann langsam weiter bis zum Haus von Madame Le Dantec.

Ihr fiel ein, dass sie Madame Le Dantec den Schlüssel zurückgeben musste. Ihre Hand in der Tasche des Dufflecoats drehte ihn immer wieder hin und her. Dann stieg sie aus dem Wagen. Bevor sie zu der alten Dame gehen würde, würde sie noch einmal einen letzten Blick in diese Hütte werfen. Danach wäre dann Schluss mit ihrer „Pilgertour". Sie erklomm noch einmal den Pfad zum Haus, kletterte über den stabilen Holzzaun, schloss die Tür auf und blieb wie angewurzelt auf der Schwelle stehen.

Eine heftige Beklemmung stieg in ihr auf, und wie beim letzten Mal, als sie den Zementfleck entdeckt hatte, fühlte sie eine panische Angst in sich aufsteigen. Sie wollte auf dem Absatz umkehren und zurück zum Auto laufen, so schnell wie möglich fliehen, zurück zu den Lichtern der Stadt, die Sicherheit versprachen. Aber es war, als wären ihre Füße aus Blei, als würde eine höhere Macht sie daran hindern, sich von der Stelle zu bewegen.

Sie glaubte, vom anderen Ende des Raums ein Knarren zu hören, ein Atmen. Da war jemand. Die Luft im Raum roch abgestanden wie in einer Höhle, als hätte ein verletztes Tier hier Zuflucht gesucht.

Es knarrte erneut. Mary hätte davonlaufen wollen, so schnell wie möglich den Weg hinunterstürzen, Schreien oder wenigstens sonst irgendwie reagieren. Aber sie war wie gelähmt, erstarrt vor dieser unbekannten Gefahr.

- Sind Sie das, Lester?

Sie spürte, wie sich die Angst wie eine eiserne Faust um ihr Herz klammerte. Mein Gott, diese Stimme! Diese Stimme aus dem Jenseits! Mary hatte das Gefühl, ihre Haut würde sich am ganzen Körper zusammenziehen, ihre Beine zitterten und ihre Hand suchte unsicher Halt am Türpfosten.

- Kommen Sie rein, krächzte die Stimme.

Wie eine Schlafwandlerin, die die Kontrolle über ihren Körper verloren hat machte sie drei zögernde Schritte in den Raum hinein.

- Amédéo, flüsterte sie mit erstickter Stimme.

Sie schlug ihre Hände vor den Mund, um einen Schrei zu unterdrücken.

- Haben Sie keine Angst, Lester.

Die Stimme war rau, aber gelassen. Vom Ende des Bettes aus blickten zwei glühende Augen Mary an, die von einer unbändigen Kraft nach vorne gezogen wurde. Sie machte zwei weitere Schritte auf die Gestalt zu. Es war tatsächlich Amédéo!

- Ich wusste, wenn mich hier jemand finden würde, dann wären Sie das, ächzte er dumpf.

- Sie haben nicht zufällig eine Zigarette?

Die Frage beantwortete er sich gleich selbst:

- Ach nein, stimmt ja, Sie sind Nichtraucherin. Das vermisse ich am meisten, Lester, den Tabak. Ich habe seit zwei Tagen nichts gegessen, aber was mir fehlt, ist der Tabak.

Er wurde von einem heftigen Hustenanfall geschüttelt. Mittlerweile hatten sich Marys Augen an die Dunkelheit gewöhnt und sie sah, dass er sich die Hand in die Seite drückte, als litte er große Schmerzen.

Sie stammelte:

- Haben Sie sich verletzt?

Amédéo kam langsam wieder zu Atem, hielt sich aber immer noch die Seite.

- Nicht so schlimm... Nur einige gebrochene Rippen. Es tut nur weh, wenn ich lache und wenn ich huste. Zum Glück habe ich ja diese Erkältung, sonst könnte ich mich gar nicht an meiner Verletzung freuen. Denn Grund zum Lachen habe ich in den letzten Tagen ja äußerst selten!

- Was kann ich für Sie tun? fragte Mary.

- Du kannst nichts tun, Kleine, sagte Amédéo, wobei er plötzlich zum vertraulichen „du“ überging. Lass mal gut sein, du hast schon genug für mich getan!

Mary fühlte sich beim Anblick des leidenden Amédéo, dieses Mannes, den sie so sehr gehasst hatte auf einmal schrecklich beklommen, beinahe schuldig.

- Ich musste doch... begann sie, als müsse sie sich vor ihm rechtfertigen.

Amédéo unterbrach sie und fuhr mit einem Grinsen fort:

- Klar, du musstest doch, kleine Polizistin, du musstest allen Indizien bis zur Lösung des Falls nachgehen. Ich muss dir etwas Unglaubliches sagen: Du hast große Ähnlichkeit mit mir!

Er legte den Kopf schief.

- Ich sehe dich so schlecht. Du stehst mit dem Rücken zum Licht. Mach doch mal die Tür zu und zünde ein paar Kerzen an. Streichhölzer liegen auf dem Tisch.

Mary gehorchte und zündete die acht Kerzen des kupfernen Kerzenleuchters an, der auf dem Tisch stand. Der Raum wurde in ein gelbes Licht getaucht und gab den Blick auf einen Mitleid erweckenden Amédéo frei, der fiebrig zitternd in dem großen Bett lag. Sein knochiges Gesicht schien noch dünner geworden zu sein, seine Wangen wirkten im Schein der Kerzen eingefallen. Seine Augen waren geschwollen, die Ödeme reichten bis zu den Wangen hinunter, und seine mediterran gebräunte Haut hatte einen hässlich grünlichen Farbton angenommen. Der Zwei-Tage-Bart machte nichts besser... Eine richtige Verbrechervisage, wie auf dem typischen Fahndungsfoto. Es fehlte nur noch das Schild mit den schwarzen Ziffern um den Hals; aber das war wohl nur eine Frage der Zeit.

Amédéo musste ihre Gedanken auf ihrem Gesicht abgelesen haben:

- Ich sehe fürchterlich aus, nicht wahr?

Sie hob kaum merklich die Schultern:

- Was soll's!

- Bleib doch nicht so da stehen, forderte Amédéo sie auf. Nimm dir einen Stuhl.

Mary zog einen der Korbstühle zu sich her und setzte sich vorne auf die Kante.

Eine Weile betrachtete Amédéo sie stumm und nur sein schwerer Atem war zu hören. Schließlich sagte er:

- Nicht wahr, Kleine, du warst schockiert als ich gesagt habe, dass du mir ähnelst.

Mary erwiderte darauf nichts, doch er bestand auf einer Antwort:

- Gib es zu, du warst schockiert!

- Ich sehe nicht recht, warum... sagte Mary schüchtern.

- Nein, das kannst du auch nicht sehen... Ich spreche selbstverständlich nicht vom Äußeren. Ich bin ein alter Mann, du bist jung, du bist hübsch... Was ich sagen wollte ist, dass du mir als Polizistin ähnelst. Du hast die gleiche Spürnase wie ich. Wenn du nicht gewesen wärst, hätte ich sie alle an der Nase herumgeführt, Lebret, Berger und die anderen. Sallabert hätte gemütlich unter der Eisenbahnbrücke gelegen und wäre jedes Jahr ein bisschen tiefer im Schlamm eingesunken, bis er komplett darin verschwunden wäre. Toutousse wäre auf dem Gemeindefriedhof beigesetzt worden und ich, Amédéo, wäre weiterhin Hauptkommissar... Jedes Jahr würde ich erneut meine Versetzung nach Marseille, Toulon oder Ajaccio beantragen, und eines Tages würde das klappen. Ich wäre ans Mittelmeer zurückgekehrt und hätte dort in der Sonne meine Pensionierung abgewartet. Aber nun ja...

Er ließ sich im Bett zurücksinken und schien sich seinen Träumen von den Calanques[6], von Sonne, Pastis und einem sorgenfreien Leben hinzugeben. Mary saß immer noch steif auf ihrem Stuhl und gab keinen Ton von sich.

Schließlich richtete er sich wieder ein Stück auf:

- Was haben wir draußen für ein Wetter, Kleine?

- Es regnet, sagte Mary. Der Himmel ist grau. Es ist windstill.

- Ich sehe schon. Er verzog das Gesicht zu einem Lächeln. Ein feiner, hartnäckiger Nieselregen, der einen stärker durchnässt als ein sommerlicher Platzregen...

- Genau, Monsieur.

- Das ist ein Sprühregen, Mary, die Bretonen nennen ihn *bruine*. Ich habe schon große Trockenheit in Afrika erlebt, tropische Gewitter, bei denen die Wassermassen zu wilden Sturzbächen werden, die Straßen und Menschen mit sich fortreißen... aber nichts ist schrecklicher als der

[6] Calanques = Fjordlandschaft zwischen Marseille und Cassis

Sprühregen in Lanester. Schlimmer als Hagel; schlimmer als der Mistral[7]... Kennst du den Mistral, Kleine?

Mary nickte.

- Und die Tramontante[8]?

- Ich habe davon gehört.

Allein durch das Nennen der beiden Winde Mistral und Tramontante war der südfranzösische Akzent bei ihm wieder durchgekommen, der Mary an Pagnol[9] erinnerte.

- Ach, ja, ich habe die Tramontante verloren, als ich hierher kam. In meinem Land sagt man, wenn man die Tramontante verliert, dann verliert man die Orientierung, man weiß nicht mehr was man tut und wird am Ende verrückt. Ich muss verrückt gewesen sein, als ich um eine Versetzung in dieses Land des Sprühregens und des Kummers gebeten habe!

- Was, Sie haben selbst um eine Versetzung nach Lorient gebeten? wunderte sich Mary.

- Ja, leider, seufzte Amédéo. Unglaublich, nicht? Aber das ist eine lange Geschichte...

Er hielt einen Moment inne, um wieder zu Atem zu kommen, dann fuhr er mit pfeifender Stimme fort:

- In meinem Leben habe ich großes Glück gehabt: Ich habe den Beruf ergriffen, den ich liebte. Aber ich habe auch großes Pech gehabt, und zwar als ich mich mit fast vierzig Jahren unsterblich verliebt habe. Ach, Kleine, sie war gerade mal zwanzig Jahre alt und schön wie die Madonna! Und ich war blind vor Liebe. Meine Freunde haben mir von der Heirat abgeraten. Sie haben mich gewarnt: „Pass auf, Amédéo, es geht das Gerücht, dass..." Ich schoss ihre Warnungen in den Wind. Was interessierte mich ihre Meinung, ich sagte mir, herrje, die sind halt eifersüchtig! Als ich sie geheiratet habe, war ich der glücklichste Mensch der Welt. Aber dieses Glück war nicht von langer Dauer. Ich werde dir jetzt etwas erzählen, was ich noch nie jemandem erzählt habe, denn ich muss dazu Worte in den Mund nehmen, die mir wehtun: Meine Frau ist eine Hure! Ich weiß, Luxushuren nennt man heutzutage Callgirls, das klingt nicht so vulgär. Aber es sind und bleiben Huren! Wie ich später erfahren habe, hatte meine Frau einen

[7] Mistral = kalter Fallwind im Rhônetal / Mittelmeer

[8] Tramontante = kalter Fallwind zwischen Pyrénéen und Mittelmeer

[9] Marcel Pagnol = südfranzösischer Schriftsteller

korsischen Zuhälter, einen dreckigen kleinen Banditen, gefährlich wie eine Giftschlange. Er hatte sie zu der Hochzeit gedrängt, weil er sich früher oder später daraus einen Vorteil erhoffte...

Erneut legte sich Schweigen über den Raum und Mary lauschte Amédéos rasselndem Atem. Ihr kam diese Situation vollkommen surrealistisch vor: Dieser alte, geschwächte, fiebrige, erbärmliche Kommissar, der ihr in einem Holzhaus am Waldrand im Kerzenschein seine unglückliche Liebesgeschichte erzählte...

Als er wieder einigermaßen Luft bekam, setzte Amédéo seinen Bericht fort:

- Ich habe Dir erzählt, dass ich meinen Beruf liebte, ich habe Dir erzählt, dass ich meine Frau liebte... Was sollte ich also tun? Meinen Beruf aufgeben? Undenkbar! Was hätte ich denn stattdessen arbeiten sollen? Welche beruflichen Möglichkeiten hat ein Polizist außerhalb des Kommissariats? Von einer kriminellen Laufbahn mal abgesehen... Das kam nicht in Frage! Meine Frau verlassen? Auch undenkbar! Ich liebe sie mehr denn je! Wenn ich sie verliere, kann ich nicht mehr leben. Ich glaubte, eine Flucht an einen anderen Ort wäre die Lösung und bat um eine Versetzung möglichst weit weg, in den Norden, egal wohin. Das war dann Lorient. Leider hat es nicht geholfen; meine Frau ist eine Hure geblieben. Ihr Zuhälter hat sie bis nach hier oben verfolgt. Ich habe ihn hinter Schloss und Riegel gebracht, und zwar für eine lange Zeit. Wie durch Zufall ist er mit einer riesigen Menge Kokain erwischt worden. Das traf sich gut, nicht war?

Er schloss die Augen und lächelte bei der glücklichen Erinnerung an den Streich, den er seinem Rivalen gespielt hatte. Dann richtete er seinen Blick wieder auf Mary.

- Weißt du, Kleine, du hast mir sehr wehgetan. Nicht als du meine Verhaftung bewirkt hast, nein, da habe ich eher dein kriminalistisches Talent bewundert. Die Falle mit der Munition, Hut ab! Der trottelige Lebret wäre niemals auf diese Idee gekommen... Nein, wo du mir sehr wehgetan hast, das war, als du in deinem Bericht von „dem betrogenen Ehemann" gesprochen hast. Ohne meinen Namen zu nennen, aber du sprachst natürlich trotzdem von mir, als du sagtest „der betrogene Ehemann hat dies gemacht", „der betrogene Ehemann hat jenes gemacht". Das hat mich sehr verletzt.

Er sah Mary in die Augen, als er dies sagte und sie hatte den Eindruck, als liefe eine Träne seine Nase entlang. Betroffen schaute sie zu Boden. Sie fühlte sich furchtbar schuldig. Andererseits... immerhin hatte Amédéo zwei Morde begangen.

Sie hob den Kopf. Amédéo sah sie durchdringend an, als könne er ihre Gedanken lesen.

- Ich muss dir noch etwas sagen, Kleine. Im Großen und Ganzen stimmt deine Geschichte. Aber in einem Punkt liegst du falsch...

Mary runzelte überrascht die Stirn, während Amédéo mit erstickter Stimme eindringlich sagte:

- Ich habe Sallabert nicht umgebracht.

Diese Worte lösten in Mary eine unwillkürliche Protestreaktion aus, die Amédéo nicht entging. Er hob die Hand, um ihre Einwände zu unterbrechen und ihn ausreden zu lassen, doch sie warf ein:

- Aber... Sie haben den Mord doch gestanden!

Er hob die Achseln und verzog sogleich schmerzerfüllt das Gesicht:

- Ich hab's gestanden, ich hab's gestanden... Ja sicher, was hätte ich denn anderes tun sollen?

Er seufzte:

- Hör mir zu, mir bleibt nicht mehr viel Zeit...

Er hatte den Eindruck, dass sie etwas erwidern wollte und hob wieder die Hand um ihr Einhalt zu gebieten.

- Du willst mir sagen, dass ein paar gebrochene Rippen noch kein Grund zum Sterben sind. Das stimmt schon, meine Verletzungen sind sicher nicht tödlich. Aber ich habe einfach keine Lust mehr zu leben. Was soll man dagegen tun?

Wie gebannt saß Mary stocksteif auf ihrem Stuhl und hörte ihm aufmerksam zu. Amédéo holte umständlich Luft bevor er flüsternd fortfuhr:

- Du hattest Recht mit deiner These, dass ich Sallabert eine Abreibung verpassen wollte. Es stimmt, ich war mir meiner Sache vollkommen sicher, als ich mich auf ihn gestürzt habe... So ein kleiner Mann! Natürlich war ich vollkommen überrascht... Es stimmt auch, dass er mich einmal quer durch die Luft geschleudert hat, aber nur einmal. Ich kam nicht in den Genuss eines zweiten Fluges. Ich bin so hart auf dem Boden aufgeschlagen, dass ich kurz das Bewusstsein verloren habe. Bei dem Sturz muss mein Revolver sich aus dem Holster gelöst haben. Ich habe schleierhaft jemanden neben mir wahrgenommen, dann hörte ich zwei Schüsse. Ich schaffte es nur mit Mühe aufzustehen. Sallabert lag am Boden, ich wusste noch nicht, dass er tot war. Auf der

Uferböschung unten manövrierte ein Wagen. Immer noch unter Schock habe ich meinen Revolver aufgesammelt und durch die Zweige in Richtung des Fahrzeugs geschossen. Ein ganz schlechter Reflex... Jetzt deuteten alle Indizien auf mich. Sallabert war mit meiner Waffe getötet worden. Auf meiner Waffe waren meine Fingerabdrücke, ich war der betrogene Ehemann... Unmöglich, meine Unschuld zu beweisen. Sallaberts Leiche musste also verschwinden.

- Aber, fragte May entgeistert, wer hat Sallabert denn dann umgebracht?

- Na los, Kleine, streng deinen Kopf ein bisschen an, das ist doch nicht schwer!

Langsam begann es ihr zu dämmern, aber gleichzeitig sträubte sie sich gegen die Erkenntnis:

- Doch nicht etwa...

Sie hielt inne, überwältigt von der Ungeheuerlichkeit ihrer Schlussfolgerung. Amédéo ermunterte sie:

- Na los, sag es schon! Das bleibt sowieso unter uns.

Und als sie stumm blieb, höhnte er:

- Es ist viel schwieriger jemanden zu verdächtigen, den man sympathisch findet als jemanden, den man nicht leiden kann, nicht wahr? Na los schon, trau dich!

Mary flüsterte:

- Madame Sallabert!

- Na also, ächzte Amédéo triumphierend, du sagst es, kleine Lester.

Madame Sallabert! Die trauernde Witwe wusste über die Eskapaden ihres Mannes Bescheid und hat ihn in Flagranti mit meiner Frau erwischt. Sallabert folgte meiner Frau nach Kerhervy, ich folgte Monsieur Sallabert und Madame Sallabert folgte mir. Was für eine Prozession! Die reinste Nacht der Beschattung! Ob sie wohl überrascht war mich dort anzutreffen? Keine Ahnung, immerhin hat sie sich im Hintergrund gehalten und gewartet, dass ich mir Sallabert packe. Sie hatte sicherlich gehofft, dass ich ihm eine Abreibung verpasse, aber als sie sah, wie er sich meiner mit Links entledigte, hat sie eingegriffen. Bei dem Gerangel hat sich mein Revolver aus dem Holster gelöst. Ich liege also reglos am Boden und Sallabert dreht sich um und geht zu seinem Lieferwagen. Außer sich vor Wut nimmt die Frau den Revolver und ruft ihren Mann. Sallabert ist perplex, seine Frau hier anzutreffen, geht auf sie zu und wird unversehens mit zwei Schüssen ins Jenseits befördert.

Die Mörderin wirft daraufhin die Waffe weg und ergreift die Flucht. In diesem Moment wache ich aus meiner Ohnmacht auf, hebe meinen Revolver auf... Den Rest kennst du ja. Ein ganz schlechter Reflex, ich sagte es bereits, aber ich war unter Schock. Ein paar Tage später kommt die Witwe auf die Polizeiwache und meldet ihren Mann als vermisst, wie es sich gehört. Ich habe sie im Flur getroffen, als sie das Büro verließ, nachdem sie bei dir gewesen war. In diesem Moment habe ich begriffen, dass sie es gewesen war, die Sallabert mit meinem Revolver erschossen hatte.

- Aber, warf Mary ein, wie konnten Sie die Frau denn erkennen, wo Sie sie doch gar nicht gesehen hatten?

- Sie hat sich verraten, antwortete Amédéo. Du hättest ihr Gesicht sehen sollen, als sie mich gesehen hat. Sie dachte wohl, ich sei in Lorient und hatte mit Sicherheit nicht erwartet, mich hier anzutreffen. Außerdem habe ich ihr Parfum wieder erkannt. Ich habe sie zwar nicht gesehen, aber ich habe immerhin geatmet. Vergiss nicht, Kleine, ich komme aus Korsika, der Insel der Schönheit. Die Garrigue [10]ist eine einzige Explosion der verschiedensten Düfte! Ich bin Experte auf diesem Gebiet!

Mary war nicht überzeugt:

- Warum haben Sie nicht mit Lebret gesprochen?

Amédéo zuckte erneut mit den Schultern und verzog unwillkürlich das Gesicht vor Schmerzen.

- Da gab es doch nichts zu sagen, Kleine. Ich hatte keinerlei Beweise! Wer hätte mir denn glauben sollen. Außerdem befand ich mich in einer schlechten Position, nämlich derjenigen des Täters, der sein Opfer beschuldigt um sich selbst von aller Schuld rein zu waschen. Glaub mir, ich habe mir tagelang den Kopf zermartert. Ich weiß, dass Madame Sallabert ihren Gatten ermordet hat. Für den Rest der Welt aber ist sie unschuldig, und dagegen kannst du nichts tun. Und ich verbiete dir, hörst du Mary, ich verbiete dir auch nur zu versuchen, mir das Gegenteil zu beweisen. Die Polizei kommt in der Öffentlichkeit auch so schon schlecht genug weg, da brauchen wir ihren Kritikern nicht auch noch zusätzliche Argumente zu liefern.

Geschwächt von seinem langen Monolog streckte er sich auf dem Bett aus. Den Blick auf die Decke gerichtet fuhr er in sachlichem Tonfall

[10] Garrigue = mediterrane Strauchheidelandschaft

fort:

- Was den Landstreicher angeht, das war selbstverständlich ich. Im Großen und Ganzen hat es sich so abgespielt, wie du es vermutet hast. Nur hätte ohne dich niemand etwas gemerkt. Allerdings, fügte er verdrießlich hinzu, wäre damit das Problem natürlich auch nur aufgeschoben gewesen. Meine Frau hätte sich über kurz oder lang einen neuen Liebhaber gesucht; in dieser Hinsicht braucht sie sich keine Sorgen zu machen: Sie ist eine Schönheit! Kennst du sie?

Mary schüttelte zur Antwort den Kopf.

- Sie ist wunderschön, sagte Amédéo, und ein Ausdruck unendlicher Erschöpfung zeigte sich in seinem Gesicht. Sie ist wunderschön, sie ist eine Hure, aber ich liebe sie.

Er blieb regungslos liegen, die Augen ins Leere gerichtet und Mary glaubte, er sei eingeschlafen. Sie stand auf und öffnete die Tür. Es regnete noch immer, aber die schmale Sichel des Mondes warf ein fahles Licht auf das schwarze Wasser, aus dem die Schiffsgerippe wie tote Knochen aus ihren Gräbern ragten. Der kleine Parkplatz war leer. Was sollte sie tun? Der arme Kerl musste unbedingt so schnell wie möglich ins Krankenhaus gebracht werden... Ja, jetzt nachdem sie seine traurige Geschichte gehört hatte, empfand sie Mitleid mit Amédéo.

Aus dem Inneren des Raumes rief eine schwache Stimme:

- Bist du noch da, Kleine?

Sie kehrte zurück an sein Bett:

- Ich bin da, Monsieur.

Amédéo stöhnte.

- Komm näher... Sag mal, hast du dich nicht gewundert, wie ich es geschafft habe, meinen Wagen in den Blavet zu befördern? Denn wenn ich diese Untersuchung führen würde, wäre das die erste Frage gewesen, die ich mir gestellt hätte. Was sagt denn Lebret dazu?

- Lebret und die anderen sind überzeugt, dass Sie ertrunken sind und dass Sie von der Strömung aufs offene Meer hinausgetrieben worden sind.

Mary sah, wie sich auf Amédéos Lippen ein schmerzliches Lächeln abzeichnete.

- Perfekt, sagte er. Etwas anderes wäre ja auch gar nicht denkbar gewesen. Allerdings, was mir passiert ist, ist einfach außerordentlich, unglaublich. Wenn mir das jemand erzählt hätte, hätte ich denjenigen als Lügner beschimpft. Als ich aus dem Kommissariat geflohen bin, nachdem ich Le Moal niedergeschlagen hatte... Übrigens, wie geht es dem armen Le Moal?

- Eine Beule, sagte Mary.

- Das ist alles?

- Eine große Beule, und ein heftiger Anschiss von Lebret.

Amédéo schien erleichtert:

- Na, dann geht's ja. Ich wollte ihn nicht verletzen, aber ein Hüne wie Le Moal, da musste ich schon ordentlich zuschlagen, um ihn außer Gefecht zu setzen. Na, jedenfalls, als ich in meinem Auto saß bin ich erstmal geradeaus drauflos gefahren. Relativ schnell war mir klar, dass die Situation nun einmal so war, wie sie war: Aussichtslos. Der gesamte französische Polizeiapparat war mir auf den Fersen und ich hatte die zwei Dinge verloren, die mir im Leben etwas bedeuteten: Meine Arbeit und meine Frau. Zuerst hatte ich vorgehabt, in den Süden zu flüchten, vielleicht nach Korsika überzusetzen und dort unterzutauchen. Das wäre nicht unmöglich gewesen...

- Berger dachte, dass Sie das machen würden.

Amédéo kicherte:

- Sag bloß, Berger hat gedacht! Das ist ja ganz neu!

Mary konnte sich ein Grinsen nicht verkneifen:

- Seien Sie nicht so hart mit ihm!

- Ach was. Du weißt es doch selber, Berger hat ein berufliches Steckenpferd, und das ist das Glücksspiel. Alles andere interessiert ihn nicht. Als du mit ihm über das Fass gesprochen hast...

- Da hat er gelacht, stimmte Mary zu.

- Siehst du, er hat gelacht. Alle haben gelacht, und ich am lautesten, denn mein Lachen war gespielt - außerdem passte es mir ganz gut, dass niemand dich ernst nahm. In diesem Kommissariat, und da ist Lorient kein Einzelfall, kümmert sich jeder nur um sein Spezialgebiet: Drogen, Glücksspiel, Prostitution, ... Die Leute verschanzen sich in ihren jeweiligen Dezernaten, und die Abteilungen der anderen interessieren sie nicht. Und dabei hängt doch alles zusammen, die verschiedenen Abteilungen greifen ineinander über! Was ein echter Polizist ist, der interessiert sich für alles, was ihm verdächtig erscheint. Naja, ich schweife ab, sollen sie doch machen, was sie für richtig halten, ich habe nichts mehr damit zu tun... Kommen wir lieber zurück zur Brücke Pont du Bonhomme, denn da habe ich mich versteckt, unter der alten Brücke. Ich bin rückwärts mit dem Wagen unter einen der

Brückenbögen gefahren, wo ich vor neugierigen Blicken versteckt war und habe nachgedacht. Mal angenommen, ich schaffte es, bis nach Korsika zu kommen. Was würde ich dort tun? Mich im Unterholz verstecken? Wie ein Tier in einer Berghütte hausen und Kastanien fressen? Ich bin ein Stadtmensch. Ich brauche Leute um mich herum, Bistros, Lärm, den Geruch von Autos... Ein Leben im Versteck schien mir nicht lebenswert, eine Beerdigung erster Klasse, wie man so sagt. Also dachte ich mir, dann lieber gleich eine richtige Beerdigung und beschloss, meinem Leben ein Ende zu setzen. Ich habe gewartet, bis es tiefste Nacht war und keine Autos mehr unterwegs waren. Ich bin mit meinem Wagen mit Vollgas auf die Brücke gerast, und als ich etwa in der Mitte war, habe ich das Steuer nach rechts gerissen. Der Aufprall war entsetzlich, und ich habe einen heftigen Stoß in die Rippen bekommen. Das Lenkrad... Einen Moment lang bin ich wie betäubt sitzen geblieben, vollkommen begriffsstutzig. Ich spürte, wie sich das Auto bewegte, aber ich war nicht im Wasser. Also habe ich die Fahrertür geöffnet und bin ausgestiegen. Und plötzlich ist mir die Tür aus der Hand geglitten und war verschwunden. In dem Moment ist ein anderes Auto über die Brücke gerast und hat die Szene einen Augenblick beleuchtet: Das Geländer war auf einigen Metern herausgerissen, aber der Wagen war nicht mehr da! Ich war vollkommen fassungslos! Ich habe mich gegen ein Stück des herausgerissenen Geländers gelehnt und mich gekrümmt vor Schmerzen. Ich hielt mir die Seite und schaute in den Abgrund hinunter, der sich vor meinen Füßen auftat, und plötzlich fehlte mir der Mut zum Springen. Durch irgendwelche unwahrscheinlichen Umstände war mein Auto auf der Brückenkante hängen geblieben. Lediglich durch mein Gewicht war es noch auf der Brücke gehalten worden. Als ich ausgestiegen bin, ist es aus dem Gleichgewicht geraten und ins Wasser gestürzt.

- Das ist ein echtes Wunder, staunte Mary.

Amédéo grinste spöttisch:

- Wenn man so will! Danach bin ich über den Fußweg nach Kerhervy gelaufen. Ich hatte Antoine Sallaberts Schlüssel bei mir, ich hatte ihm die Taschen geleert, bevor ich ihn einbetoniert habe. Ach, Lester, was habe ich gelitten auf diesem Marsch durch die Nacht! Jeder Schritt hat sich angefühlt, als würde man mir glühende Eisennägel in die Brust treiben. Noch nie bin ich so froh über ein Bett gewesen.

- Aber was wollten Sie denn nun tun, Monsieur?

- Ich weiß es nicht, ich weiß nicht mehr, antwortete Amédéo mit brüchiger Stimme. Ich wusste, dass ich gesucht werde, ich bin auf dem kleinen Wanderweg gegangen, damit ich von der Nationalstraße aus nicht gesehen werde. Ich bin einfach drauflos gelaufen, und dann habe ich das Haus gesehen... Hätte ich denn eine andere Wahl gehabt?

Er schwieg, und in der Stille glaubte Mary neben seinem gepressten Atem auch ein Schluchzen zu vernehmen. Peinlich berührt scharrte sie mit den Füßen.

- Monsieur Amédéo, ich werde den Chef verständigen.

Amédéo wollte protestieren, doch sie blieb unnachgiebig:

- Das muss ich doch!

Dann fügte sie mit sanfterer Stimme hinzu:

- Man wird sich um Sie kümmern...

Er fügte verdrießlich hinzu:

- Und mich vor Gericht stellen.

- Daran besteht kein Zweifel. Aber es handelt sich um eine Tat im Affekt!

- Nicht der Mord an dem Landstreicher!

- Nein, selbstverständlich nicht, aber der ist eine Folge der ersten Straftat.

- Kann schon sein, sagte Amédéo. Und die Nummer, die ich im Büro des Chefs abgezogen habe? Und der Angriff auf Le Moal?

- Das war doch unter uns, Monsieur. Davon muss doch niemand etwas erfahren.

Amédéo seufzte erneut.

- Ich befürchte schon. Aber das macht nichts, Kleine. Du bist ein gutes Mädchen und du musst tun, was du zu tun hast: Geh Lebret anrufen.

- Sie bleiben doch da? fragte Mary misstrauisch.

Er versicherte:

- Ich werde diesen Raum nicht verlassen!

Weil sie ihn immer noch skeptisch ansah, fügte er mit einem gequälten Lächeln hinzu:

- Ich schwöre!

Mary erhob sich und ging Richtung Ausgang. Auf der Schwelle drehte sie sich noch einmal zu ihm um:

- Ich bin sofort zurück.

Dann schloss sie sorgfältig die Tür hinter sich, rannte den Pfad hinunter und schon raste der überstrapazierte kleine Austin Richtung Lanester.

★

Im Restaurant an der Brücke Pont du Bonhomme brannte noch Licht. Mary stellte den Wagen auf dem großen Parkplatz ab und stürmte in die Bar:

- Einen Kaffee, bitte, und ein Päckchen Zigaretten der Marke Boyard Maïs. Kann ich hier telefonieren?

Die Kellnerin trocknete gerade ein Glas ab und deutete mit einem Kopfnicken auf die Telefonzelle. Mary drängte sich hinein, warf zwei Münzen in den Schlitz und wählte die Nummer des Kommissariats.

- Hallo? Ist da die Polizei von Lorient? Ja? Geben Sie mir Lebret! Wer da spricht? Mary Lester, Kommissaranwärterin Mary Lester! Und bitte schnell, es eilt!

Ungeduldig zappelte sie in der Kabine herum und sah vor ihrem inneren Auge den diensthabenden Beamten vor sich, wie er gemächlich die Verbindung herstellte. Konnte der sich nicht um Himmels Willen beeilen?

Endlich hatte sie Lebret am Apparat.

- Hallo, rief er unzufrieden und argwöhnisch in den Hörer. Lester? Was ist denn nun schon wieder los?

- Chef, ich habe Amédéo gefunden!

- Was? rief Lebret und stieß heftig die Luft aus.

Mary stellte sich vor, dass er vor Schreck auf seinem Stuhl zusammengesackt war. Sie wiederholte:

- Ich habe Marc Amédéo wiedergefunden!

- Aber, das ist doch nicht möglich? Wo?

Sie hätte ihn ja gerne selbst darauf kommen lassen, aber jetzt war nicht die Zeit für Ratespiele. Sie rief:

- In Kerhervy, im Haus von Madame Le Dantec!

Lebrets Stimme am anderen Ende der Leitung zitterte:

- Aber... Amédéo...

- Lebt? Ja, er lebt! Er ist in schlechter Verfassung, aber er lebt! Ich fahre wieder zurück, kommen Sie bitte schnell, Chef, und rufen Sie einen Krankenwagen!

Sie verließ die Telefonzelle, packte die Schachtel Zigaretten, warf zwei Zehn-Franc-Münzen auf den Tresen und eilte zum Ausgang.

- Ihr Kaffee! rief die Kellnerin ihr nach.

- Den können Sie trinken, ich bin auch so schon aufgeregt genug!

Das Mädchen, das es gewohnt war, dass hier alle möglichen Arten von Gestalten verkehrten, zuckte nur mit den Schultern. Solange die Leute ihre Rechnung bezahlten...

Die Reifen von Marys Austin quietschten, als sie hektisch anfuhr, viel zu schnell durch die Kurven raste und schließlich abrupt ihr Auto zum Stehen brachte.

Sie rannte den Weg hinauf als ginge es um ihr Leben, riss die Tür auf... Im Raum war es dunkel. Es roch nach Kerzenrauch.

- Monsieur... Monsieur Amédéo, rief sie mit erstickter Stimme.

Mit dem Fuß trat sie auf etwas Rundes. Sie bückte sich und hob es auf. Eine Kerze... Sie tastete sich vor, fand den Tisch, die Streichhölzer. Sie zündete die Kerze an und ging auf das Bett zu. Es war leer. Sie fluchte:

- Mist, er ist abgehauen! Dieser windige Hund! Dabei hatte er mir doch versprochen... Dieser Mistkerl! Ich habe mich so beeilt wegen ihm!

Sie sprach unnatürlich laut und schnell, wie ein Kind, das durch lautes Pfeifen seine Angst vor der Dunkelheit überspielen will.

Als sie sich zum Gehen wandte, streifte sie etwas am Rücken. Sie fuhr herum und kreischte auf. Wegen Amédéo würde sich niemand mehr beeilen müssen. Er hatte sich einen Strick um den Hals geknüpft und am Deckenbalken erhängt. In einem letzten Aufbäumen des Körpers musste er den Kerzenleuchter umgeworfen haben.

Mary taumelte zitternd auf die Tür zu. Sie war fassungslos. Heißes Wachs verbrannte ihre Finger und sie ließ die Kerze fallen.

Von weitem drangen die unheimlichen Klagelaute der Sirenen des Krankenwagens und der Polizeiwagen an ihr Ohr.

- Zu spät, sagte sie laut.

Sie verließ die Hütte, machte leise die Tür zu und hielt ihr brennend heißes Gesicht in den Regen, dem fahlen Mondlicht entgegen.

Sie war in letzter Zeit zu viel gerannt, viel zu viel gerannt. Langsam und bedächtig schritt sie den Ziegenpfad hinunter.

ÜBER DEN AUTOR

Der 1940 geborene Jean Failler arbeitet in der elterlichen Fischhandlung in Quimper, als er im Alter von 20 Jahren seine ersten Texte veröffentlicht.
Später gibt der Bretone zahlreiche Theaterstücke, historische Romane und eine Sammlung von Abenteuerromanen für Jugendliche heraus. Bekannt wird er vor allem durch seine Kriminalromane der Reihe Mary Lester, die vom französischen Fernsehen zum Teil verfilmt werden. Im Jahr 2014 erscheint der 41. Band dieser Serie. Jean Failler ist der Bretagne tief verbunden. Er beschreibt in seinen Romanen liebevoll Land und Leute seiner Region, ohne jedoch folkloristische Klischees zu bedienen.
Heute lebt Jean Failler in Île-Tudy.

15898343R00082

Printed in Poland
by Amazon Fulfillment
Poland Sp. z o.o., Wrocław